극내성인

일러두기

○ 이 책에 나오는 프랑스어의 한글 독음은 정일영 작가님의 발음 스타일로 적어
  두었습니다. 따라 하시면 자연스럽게 프랑스어도 익힐 수 있습니다. 프랑스어
  관련해 궁금하신 내용은 작가님께 이메일로 문의해주시면 답장을 보내주신다
  고 합니다. j1019617@hanmail.net

○ 저자의 표현은 스타일을 존중하여 최대한 그대로 살려두었습니다.

극내성인

정일영 지음

I

시원
북스

중간고사가 끝나고 시험 성적을 확인하기 위해

한 학생이 나를 찾아왔다.

학생의 성적을 찾아보면서 내가 말했다.

"나보다 낫네."

학생이 물었다.

"왜요?"

내가 대답했다.

"기대할 것이라도 있잖아"

더 이상 기대할 것 없던 63세 극내성인, 나 혹시 쎌럽?

2024년 여름, 프랑스 파리에서 100년 만에 제33회 하계 올림픽이 개최되었고, 60여 년 내 인생에서도 나름 놀라운 일이 일어났다. 유튜브 중에 '침착맨'이라는 방송에서 프랑스어를 배우는 컨셉으로 프랑스어 선생을 섭외했고, 내가 프랑스어를 강의하고 있는 시원스쿨을 통해 연락이 닿아서 난생처음 유튜브 게스트로 나가서 촬영을 하게 된 것이었다. 이 유튜브를 전혀 알지 못했던 나는 처음에 '침착맨'을 '칭찬맨'인 줄 알고 있다가 학생들에게 물어보니 구독자수가 250만 명이 넘는 아주 유명한 방송이란다.

아무튼 촬영 날이 되어 나는 시원스쿨 스탭들과 함께 촬영 장소에 갔다. 침착맨 스탭들은 촬영 전 잠깐 나와 이야기를 하면서 내가 말하는 스타일을 보고는 생방에서 실수를 할까봐 굉장히 걱정을 많이 했다고 촬영이 끝난 후 말해주었다. 나 역시도 극내성의 성격인 데다가 유명한 채널에 나가서 실수를 하거나 방송을 망치면 어쩌지 하는 생각에 불안에 떨었다.

어쨌든 촬영은 시작되었고 파리 올림픽에 대해 간략하게 설명한 후 프랑스에서 유의해야 할 점에 대한 썰을 풀기 시작했다. 여기서 시간을 너무 많이 잡아먹은 나머지 그날 촬영의 주제였던 프랑스에서 자주 쓰이는 표현을, 준비해 간 30개 중 5개밖에 하지 못하는 불상사가 일어났다.

아무튼 2시간 가까운 촬영은 잘 끝났고 실시간 댓글창에는 많은 글이 쏟아졌다고 한다. 나는 노안이라 댓글을 전혀 보지 못했는데 스탭들이 구독자들의 반응을 전해주었다. 나는 방송을 망치지 않아서 다행이라고 생각하며 집으로 돌아갔다.

문제는 그다음 날이었다. 아침 일찍 휴대폰 소리에 잠이 깬 나는 과 조교로부터 걸려온 전화 한 통을 받고 화들짝 놀랐다.

"쌤, 유튜브 보셨어요? 지금 난리 났어요! 반응이 장난 아니에요!"

침착맨의 팬이라는 조교의 말에 뭔 소리가 싶어

컴퓨터를 켜고 유튜브를 검색했는데 하루 만에 조회수가 30만 뷰가 넘은 것이었다. 이게 많은 조회수였는지조차 알 수 없을 정도로 유튜브 방송에는 문외한이었던 나는 이후 벌어지는 사태에 거의 정신을 못 차릴 정도가 되었다.

15년 전 연락이 끊겼던 제자들로부터 갑작스럽게 연락이 오고, 조회수는 계속 올라가 일주일 사이에 70만 뷰를 기록했다. 그리고 높은 조회수 덕분에 OB에서 신제품을 내놓았는데 맛 품평을 해달라는 의뢰도 받았다.

기대할 것 없던 내 인생에 이런 일이 생기다니. 언젠가 늦가을 찬바람이 불던 어느 날이었다. 강의를 마치고 쉬는 시간에 보따리 장사 25년을 넘기고 학교를 떠날 날도 얼마 남지 않고 직장 연금도 없던 나는 앞으로 뭐 먹고 살지 참참한 심정에 대학 캠퍼스 벤치에 누워 20년 전에 산 빨간색 오리털 파카를 여미고 눈을 감고 있었다. 그때 지나가던 남학생 녀석이 갑자기 나를 툭툭 치며 염장을 질렀다.

"할아버지, 여기서 주무시면 큰일 나요. 입 돌아
가요."

녀석은 나를 집이 없는 홈리스 할아버지로 생각
했던 것이다.

"아, 나 신경 쓰지 말고 그냥 가던 길이나 가시라
구요. 남이사 입이 돌아가건 머리가 돌아가건 그냥
놔두시구요".

(너 내가 딱 기억했어, 다음에 내 강의 들으면 프
랑스어 열심히 말하게 해서 입 돌아가게 할 거야.)

이뿐만이 아니었다. 내가 강의를 하고 있는 시원
스쿨에서는 '물 들어올 때 노 젓자'는 심정으로 나의
MBTI를 알아보는 코너, 샹송 부르기, 올림픽 개·폐
회식 설명회 등 여러 영상을 촬영해 유튜브에 올렸
다. 한 달 정도 지나자 침착맨 영상이 조회수가 115
만 뷰가 넘어섰다. 그 덕분에 방학이 끝나고 개강을
한 첫날 강의실에 들어갔더니 유튜브에 출연했던 나

를 알아보는 학생들로부터 사진 요청을 여러 번 받았다. (이 책을 준비하는 시점에는 200만 뷰를 넘어섰다고 한다.)

서서히 어깨에 뽕이 들어간 나는 '아, 나도 이제 셸럽 뭐 그런 건가'라는 말도 안 되는 망상에 빠져 혹시 동네를 산책할 때 나를 알아보고 사인을 해달라는 사람이 있을까봐 볼펜도 바지 주머니에 넣고 다녔다. 눈이 부실 거라고 나 스스로에게 정당성을 부여하며 선글라스를 쓰고 동네를 쏘다녔다. 하지만 역시 나만의 착각일 뿐 동네에서 나를 알아보는 사람은 단 한 명도 없었다.

63년의 생을 살아오면서 기대할 것이라곤 전혀 없었는데 이런 경험을 처음 해보면서 아, 역시 뭔가 짜릿함이 있는 것 같고 이래서 사람들이 유튜브를 통해서 그리도 난리 블루스를 추는구나라는 생각이 들었다.

하지만 한 가지 아쉬운 점은 거의 대머리인 내 외

모 특성상 가발 광고 하나쯤은 들어올 만한데 아직까지 아무런 입질이 없다는 것이다. 이거, 이거, 한 번 더 나가서 나의 존재감을 확실하게 도장 찍어야 하는 것은 아닌가.

어찌 되었던 이제 국민 연금을 수령하게 된 내 나이에, 이런 망상에 가까운 재미있는 순간을 만들어 준 침착맨님과 스탭분들 그리고 항상 많은 응원을 보내준 시원스쿨 양홍걸 대표님과 직원분들께 감사를 드리며, 어디서도 다 풀지 못한 나의 인생썰을 모아 이 책을 펴낸다.

사랑하는 우리 엄니의 아들
정일영 씀

contents

걍 너만 알고 있을
것이지

Bonjour 봉주(흐)

사람을 만났을 때 하는 인사말.

I

인사말을 주고 받을 때 프랑스인은 제스처를 참 많이
쓴다. 서로의 뺨을 대고 입으로 쪽 소리를 내는 인사
를 '비즈bise'라고 한다.

나에게는 비즈와 관련된 흑역사가 있다. 나는 군
대를 마치고 대학을 졸업한 뒤 1988년 1월, 프랑스
대학원으로 유학길에 올랐다. 그러다 보니 아무래
도 대학원에 같이 다닌 프랑스 학생들보다는 나이가
많았다.

대학원 수업에 처음 들어갔을 때 교수님은 칠판
에 한 글자도 쓰지 않은 채 무려 3시간 동안 입에 따
발총을 단 것처럼 떠들어댔다. 공부를 하려면 수업
내용을 알아들어야 했는데 도무지 방법이 없었다.
그러다 생각해낸 것이 바로 프랑스 학생들 중에 노

트 필기를 잘하는 학생을 찾아 애걸복걸해야겠다는 것이었다.

그렇게 강의실을 둘러보다가 앞에서 강의 내용을 열심히 적고 있던 안경 낀 여학생을 발견했다. 극내성의 성격이지만 어쩔 수 없이 수업이 끝난 후 그 친구에게 다가가 잘되지도 않는 프랑스어로 떠듬떠듬 노트 좀 빌려줄 수 없느냐고 조심스럽게 물었다.

사실 수업을 듣는 모든 학생이 학점의 경쟁자라고 할 수 있어서 싫다고 할 수도 있었기 때문에 살짝 긴장도 했다. 그런데 그 여학생은 활짝 웃으며 기꺼이 노트를 빌려주겠다고 하는 것이 아닌가. 나는 너무 고마운 마음에 노트를 복사한 뒤 커피 한 잔을 사다 주었다.

그런데 다음 날 강의실에 들어갔는데 그 여학생이 갑자기 나에게 달려오기 시작했다. 나는 너무 깜짝 놀라서 그만 그 여학생을 피해 뒷걸음질을 치고 말았다. 당황한 건 그 친구도 마찬가지였다. 나는 그 친구에게 떠듬거리는 프랑스어로 이렇게 말했다.

"나는 결혼을 했어!"

그리고 우리나라는 '남녀칠세부동석'이라는 설명까지 덧붙였다. 프랑스어를 지질히도 못했을 때 어떻게 이런 설명을 했는지는 여전히 불가사의하다.

그 친구는 나에게 순수하게 인사로 비즈를 하기위해 달려온 것이었는데 비즈가 뭔지 당췌 몰랐던나는 괜히 오해를 하고 만 것이었다.

어쨌든 그 여학생은 고개를 끄덕이며 이해했다고말했다. 문제는, 그 여학생이 그냥 자기만 알고 있으면 될 텐데 다른 여자 친구들에게도 다 이야기를 하는 바람에 나는 10년 가까이 유학 생활을 하는 내내프랑스 여인과 비즈를 한 번도 하지 못했다는 사실이다.

그러는
너는 몇 살인데?

Je m'appelle 주 마뻴
'내 이름은'이라는 뜻.

I

프랑스에서 유학을 마치고 한국에 들어온 지 얼마 되지 않을 때였다. 10년 가까운 세월을 외국에서 살다 보니 한국 생활에 아직 적응이 되지 않았다. 나는 형이 타던 소나타2를 몰고 운전을 하게 되었는데 한국 도로에서 운전을 하는 것이 서툴렀기 때문에 매우 조심조심 운전을 했다.

어느 날, 운전 중에 직진을 하고 있다가 신호등이 노란불로 바뀌어서 브레이크를 밟아 속력을 서서히 줄여 신호등 앞에 멈춰 섰다. 그런데 갑자기 뒤에서 "쿵" 하는 소리가 나는 것이 아닌가. 내 차 뒤에는 꽤 고급차로 보이는 덩치 큰 차가 있었고 50대 중반으로 보이는 남자가 차에서 내리더니 다짜고짜 나에게 삿대질을 하면서 화를 내기 시작했다.

"아니, 노란불인데 왜 안 가고 서냐?"

순간 나는 너무도 당당하게 말하는 그 남자의 태도를 보고 속으로 이렇게 생각했다.

'혹시 내가 유학 간 사이에 노란불이면 빨리 지나가라는 교통 법규가 생겼나?'

하지만 교통 법규, 특히 신호등에 관한 것은 세계 공통으로 지켜야 하는 것으로서 노란불이면 서야 하는 것이 맞다고 나는 확신했다.

나는 그 남자에게 노란불이면 서야 하는 것인데 왜 빨리 가라는 거냐고 되물었다. 그랬더니 그 남자는 갑자기 너 이름 뭐야? 몇 살이야? 직업이 뭐야? 등의 막말을 속사포처럼 쏘아대기 시작했다.

나는 어이가 없어서 피식 웃으며 반문했다.

"아니, 내 이름이나 나이가 이 자동차 사고랑 무슨 관계가 있어요?"

그러자 그 남자는 큰소리를 쳤다.

"야! 너 내가 누군지 알아?"

나는 그의 말을 완전 쌩까고 사고 뒷처리를 하기

시작했다. 그러자 그 남자는 자신을 무시하는 것이냐? 대가리에 피도 안 마른 놈이 어른한테 대든다는 등 어이없는 소리만 해댔고, 나는 '너는 짖어라, 나는 귀틀막이다'라는 생각으로 눈도 마주 치지 않았다.

지금이야 이런 일이 많이 없어졌다고 하는데 그 당시 30대 중반이었던 나는 '나이 곱게 먹고 저 나이 때 최소한 저런 한심한 짓은 하지 말아야지'라고 다짐했다.

그런데 벌써 내 나이 63세가 되었다. 혹시 남이 볼 때 나도 그 남자처럼 한심한 행동을 하는, 머리 하얗고 대머리인 노인네로 비춰지는 것은 아닐지 심히 걱정된다.

오디션에서
기선을 제압해~

Ça baigne 싸 벤뉴
'모든 것이 순조롭다'는 뜻.

I

내가 유학을 마치고 한국에서 강의를 시작한 지 15년이 지난 2000년대 초였던 것으로 기억한다. 늘 마음 한구석에 가수의 꿈을 버리지 못했던 나는 머리가 다 벗겨진 오십이 넘은 나이에도 가수가 될 기회를 호시탐탐 노리고 있었다.

그러던 중 우연히 한 방송사에서 〈위대한 탄생〉이라는 오디션 프로가 열린다는 것을 알게 되었다. 지원을 하고 싶어서 조건을 살펴보니 노래 부르는 동영상을 보내야 한다고 했다. 단, 노래방에서 녹음을 하거나 마이크를 사용하면 안 된다고.

어디서 노래 부르는 영상을 촬영해야 할지 막막했는데, 내가 강의를 나가는 대학에 포스트 모던학과가 유명해서 유명 가수들뿐 아니라 음악에 실력 있는 학생들이 꽤 많은 편이었다. 내가 맡은 과목이 '글쓰기'라는 교양 강의였고 출석부를 보니 포스트모던학과 남학생이 있었다. 나는 수업이 끝난 뒤 그 학생을 불러 커피를 사주며 혹시 기타를 칠 줄 아느냐고 물었다. 다행히 기타를 칠 수 있다는 말에 기타 반주를 부탁했다. 아마도 그 학생은 선생 부탁이라 거절하지 못했던 것 같다. 아무튼 이렇게 해서 다음 수업이 끝난 뒤 강의실에서 기타 반주에 맞춰 록 발라드를 불렀고, 그 모습을 휴대폰으로 촬영해서 지원서와 함께 보냈다. 그리고 나흘 뒤 문자로 1차 오디션에 합격했다는 통보를 받았다! 나는 너무 기뻐서 속으로 '아싸, 지금까지 잘되고 있어'라며 쾌재를 불렀다.

그런데 문제는 2차 오디션에서 발생했다. 2차 오디션장에는 25개 부스가 있었고 부스마다 피디, 보컬 트레이너, 작가가 앉아 있었다. 뒤에는 카메라들이 숨겨져 있어서 오디션 현장의 모습을 리얼하게 담으려는 듯했다. 다른 부스에서는 지원자들이 노래를 부르고 춤도 추고 난리도 아니었다. 그러다 내 차례가 되었을 때 갑자기 피디 놈이 나한테 이렇게 묻는 것이 아닌가.

"선생님이시니까 교육자로서 청소년들이 오디션 프로그램에 나오는 것에 대해 어떻게 생각하세요?"

아, 어려서부터 자신이 몰랐던 재능을 발견할 수 있는 좋은 기회라고 입에 발린 소리를 했어야 했는데 그놈의 선생질이 뭐라고 나도 모르게 속마음을 다 이야기하고 말았다.

"당신들 문제 많아. 아이돌 그룹들이 텔레비전에 나와서 자기는 고등학교 때 공부도 못했지만 열심히 해서 오늘의 모습이 되었다고 말하지. 그러면 그걸 본 고등학교에서 성적이 중간 이하인 아이들이 우르르 자퇴를 하고 홍대나 합정역 근처 지하 연습실을 빌려서 매일 연습을 한다구.

그런데 아이돌 그룹으로 성공할 수 있는 확률은 내가 볼 때 10만 분의 1도 안 돼. 노래만 잘 부른다고 되는 게 아니고 외모도 보는데 그건 유전이어서 어떻게 할 수 없는 부분이잖아. 그럼 아이돌이 되지 못한 아이들이 학벌지상주의 대한민국에서 고등학교 중퇴 학벌로 무엇을 할 수 있겠어? 최소한 이 땅에서 사회인으로서 살아갈 수 있는 자격까지는 갖추게 해야 되잖아. 그런데 당신들 예능 방송국이랑 기획사들이 지들 욕심 채우려고 아이들을 위험에 빠뜨리고 있는 거야, 알아?"

내 말이 끝나자 다른 곳과 달리 우리 부스는 분위기가 무겁게 가라앉았다. 나도 뻘쭘했고 그 자리에 있던 사람들도 뻘쭘해졌다. 어색해진 분위기 속에서 형식적으로 노래를 불러달라는 요청에 1분 정도 노래를 부르고 오디션은 끝났다.

'제기랄, 오디션은 날 샜구먼. 나 같아도 나 같은 생각을 가진 놈은 안 뽑지, 괜히 텔레비전에 나와서 헛소리하면 여러 사람 골로 가는 거 아니겠어.'

아, 가수의 꿈은 멀어지고야 말았지만 그 자리에 있던 보컬 트레이너가 자신이 본 50대 중에 노래를 제일 잘한다고 말해준 것이 큰 위로가 되었다.

다 너를 위해
그러는 거야

| Oui | 위 '그렇다(yes)' |
| Non | 농 '아니다(no)' |

I

프랑스인은 왠지 이미지상 직설적으로 말할 것 같지만 누군가가 자신에게 의견을 물어볼 때 확정하듯 대답하는 경우는 거의 없으며 두루뭉술하게 대답하곤 한다. 그러다 보니 제일 많이 쓰는 표현으로는 '그렇기도 하고 그렇지 않기도 하다'는 뜻의 '위 에 농oui et non'이다.

특히 부정적인 내용을 이야기할 때는 직접적인 표현을 잘 쓰지 않는다. 예를 들어, 키가 작은 사람에게 "키가 작다"라고 하기보다 "키가 크지 않다"라고 말하는 것이다. 상대방의 의견에 반대하는 의견이 있을 때도 "네가 틀렸어"라고 하기보다 "네가 옳을 수도 있지, 하지만"이라고 말한다.

내가 강의를 하는 시원스쿨에서 얼마 전 유튜브 콘텐츠의 하나로 나의 MBTI를 알아보는 시간을 가졌다. 재미로 MBTI 검사를 해보았지만 평소 내 지론은, MBTI는 후천적으로 자신이 처해 있는 환경에 따라 달라질 수 있거나 속일 수 있는 반면 혈액형은 절대 거짓말을 하지 않는다는 것이다.

가장 큰 근거라면 어렸을 때 내성적이었다가 사회 생활을 하면서 외향적으로 바뀌었다고 말하는 사람들은 정말 많지만, 일곱 살 때 혈액형이 B형이었는데 칠십(일흔)이 되어서 A형으로 바뀐 사람은 한 명도 없다. 혈액형은 유전적 성격이 매우 강하기 때문에 조부모나 부모 중 당뇨가 있거나 탈모가 있으면 후대에도 이어질 확률은 거의 80퍼센트에 다다른다. 그만큼 피는 무섭다.

어쨌든 나의 MBTI를 알아보기 위해 한 직원이 여러 질문을 던졌는데 그중 하나는 이랬다.

"수업 시간에 한 학생이 찾아와서 '시험을 망쳤는데 공부를 포기해야 할까요?'라고 물어본다면 대답

은 '위(포기해라)'인가요 아니면 '농(포기하지 말라)'
인가요?"

나는 조금의 망설임도 없이 이렇게 답했다.

"질문 자체가 잘못되었네요. 그걸 왜 나한테 물
어요?"

그 순간 직원은 고개를 푹 숙이고 고개를 좌우로
젖다가 다시 내게 말했다.

"아니요, 선생님, 그러니까 만일에 이렇게 물어
본다는 가정하에 선생님께서는 뭐라고 대답하실 건
가요?"

나는 자신 있게 이렇게 답했다.

"여학생이라면 '농! 절대 포기하지 마라. 내가 물
심양면으로 도와주겠다'라고 하겠지만, 남학생이라
면 조금의 망설임도 없이 '위! 그래 포기해라'고 답할
거예요."

대한민국은 내가 60년을 넘게 살아보니까 살기가
정말 힘든 나라다. 사회 생활은 피 말리는 눈치 싸

움의 연속이고, 수없는 시행착오를 겪고 온갖 풍파를 견디며 악착같이 살아남아야 하는 '생존의 장'이다. 거우 공부 하나 잘 못했다고 포기해야 되는지를 생각할 정도의 나약함을 가지고는 절대 버티지 못한다. 나는 남학생을 싫어하는 것이 아니라 진정으로 이 정글에서 살아남게 하기 위해 좀 더 강하게 키우기 위한 나만의 방식으로 대할 뿐이다. 흐흐.

내 성의를
진짜 쌩깔래?

Merci 메흐(씨)

'고맙다'는 뜻. 자주 쓸수록 좋다.

I

프랑스 대학원에 가기 전에 지방에서 어학 연수를 하고 있을 때였다. 대학원을 알아보기 위해 그 당시 우리나라 돈으로 100만 원을 주고 주행 거리가 11만 킬로미터인 중고차 르노5를 사서 파리로 올라왔다.

파리 시내에는 차들이 어찌나 많은지 정신이 하나도 없었고 일방 통행도 너무 많아서 손에 식은땀을 흘리며 운전을 해야 했다. 그러다 좌회전을 해야 하는 순간에 그만 직진 차선에 있다가 에이, 나도 모르겠다 하면서 그냥 핸들을 왼쪽으로 꺾어 좌회전을 했다.

그런데 아뿔사, 길 건너에 교통 경찰이 서 있는 것이 아닌가. 경찰의 부름에 나는 차를 몰고 가서 "봉주흐"라고 인사를 건넨 뒤 가뜩이나 안 되는 프랑스어로 지금 소르본 대학교에 가야 하는데 어디로 가야 하느냐고 물었다.

경찰은 외국인인 데다가 차 번호판은 지방이고 땀을 찔찔 흘리고 있는 나를 보고는 씩 웃더니 갑자기 길 한가운데로 가서 차들을 막아서고는 나를 보고 어서 오라고 손짓을 했다. 나에게 좌회전 차선을 열어준 경찰의 응답에 나는 재빨리 차를 몰아 왼쪽으로 돌면서 고맙다는 뜻으로 "메흐씨"를 외쳐댔다. 내가 얼마나 불쌍해 보였으면….

'메흐씨(고맙다)'와 관련해 참 많이 쓰이는 표현으로 우리말로 '고맙지만 됐어요'라는 뜻의 '농 메흐씨non merci'가 있다. 이 말은 상대방의 호의를 거절할 때 주로 사용한다.

한번은 내가 프랑스에서 박사 학위를 받고 한국에 들어와 처음으로 모교에서 강의를 시작할 때였다. 강의 첫날이라 긴장은 물론 마음도 무척 들떠 있었다.

36

나는 지하철을 타고 학교에 갔는데 출근길 지하철은 가히 지옥철이라 말할 정도로 최악이었다. 게다가 보통 사람들의 어깨 정도가 내 키 높이의 한계라서 사람들이 밀착하고 있으면 내 머리는 이들의 어깨에 끼여 숨을 쉴 수가 없었다. 어쨌든 지하철역에서 내리면 다시 학교 후문까지 가는 버스를 타야 했고, 나는 학생들과 줄을 서서 버스에 올랐다.

다행히 버스에 자리가 있어서 앉을 수 있었고 mp3를 꺼내 음악을 들으려던 순간, 나처럼 키가 작은 여학생 한 명이 다가와 내 앞에 섰다. 키가 작아서 마음이 쓰이기도 했고, 그 학생이 가방을 하나 매고 있었는데 뭐가 들어 있는지는 몰라도 꽤나 무거운지 가방이 축 늘어져 있어서 더 그랬다.

내가 머리도 하얗고 벗겨져서 누가 봐도 연장자라는 게 티가 나서 자리를 양보하기가 애매했지만, 나는 키가 작은 학생의 무거운 가방이라도 들어주고 싶은 마음에 살짝 미소를 지으면서 "가방 이리 주세요"라고 말하며 학생의 가방을 살짝 잡았다. 그런데 그 학생은 나를 내려다보며 단호하게 거절했다.

"아니요, 됐습니다!"

나는 조금 당황했지만 이 학생이 혹시나 예의로 거절하는 것일 수도 있다고 생각했다. 그래서 다시 웃으며 가방을 달라고 하면서 가방을 잡은 손에 살짝 힘을 주었는데 웬걸, 여학생이 더 강한 힘으로 내 손을 뿌리치면서 약간 신경질적인 반응을 보이는 것이었다.

"됐다니까요?"

나는 호의를 무시당한 기분이 들었지만 뭔가 오기가 생겼는지 아무튼 가방을 거의 뺏다시피 당기며 말했다.

"이리 달라구!"

아이고, 그런데 이 여학생이 키는 작은데 힘이 말도 못하게 장사였다. 내가 학생의 가방을 당기는 힘보다 더 세게 가방을 확 당기는 바람에 가방을 잡고 있던 나는 그만 자리에서 엉덩이가 떨어지며 버스 바닥에 주저앉고 말았다.

갑자기 내동댕이치듯 버스 바닥에 주저앉게 된 나는 너무 창피하기도 하고 뻘쭘하기도 해서 버스가 아직 학교에 도착하지도 않았는데 그냥 다음 정류장에서 내리고야 말았다.

어쩌다 일이 이렇게 되었을까 싶지만 아무튼 수업이 있었으므로 다시 정신을 가다듬고 정류장에서 다음 버스를 타고 학교에 도착했고, 당황스러운 마음을 추스른 뒤 커피 한 잔을 들고 강의실로 향했다. 내 심장은 버스에서 있었던 일로 여전히 쿵덕대며 터질 듯했지만, 강의실 문을 열고 들어가 강단에 서서 60명 정도 되는 학생들을 보며 인사를 한 뒤 출석부를 펼치고 학생들의 이름을 한 명씩 불렀다.

나는 이름을 부를 때마다 고개를 들어 학생의 얼굴을 보고 누구인지 확인했는데 한 여학생의 이름을 부르며 고개를 들자 아뿔싸, 아까 버스에서 만났던 여학생이 손을 드는 것이 아닌가.

그 여학생도 나를 보고 적잖이 당황한 듯했다. 이렇게 만나다니 참 묘하기도 하고 누구의 잘못도 아

닌 일이라 내 머릿속에는 갑자기 "잊어버려요 그 모
든 일…"이라는 노랫말이 맴돌아서 뜬금포로 흥얼거
리기 시작했다.

그러자 다른 학생들은 무슨 영문인지 몰라서 어
안이 벙벙했지만 그 여학생은 자기도 멋쩍은지 입으
로 손을 가리고 피식 하고 웃었다.

아, 괜히 안 하던 배려를 하려다가 피를 본, 잊지
못할 기억이었다.

야, 넌 허파만 가지고 다니냐?

S'il vous plaît! 씰 부 쁠레!
무언가를 부탁하거나 요구할 때 쓰는 말.

I

무언가를 요구하거나 부탁을 하고 뒤에 "씰 부 쁠레!"
를 붙여야 상대로부터 "싸가지 없다"는 말을 듣지 않
는다. 예를 들어, 카페에서 종업원에게 "커피 한 잔
주세요"라고 말할 때 "엥 꺄페un café, 씰 부 쁠레!"라고
하는 것이다.

프랑스에서 유학한 지 5년째 되던 해 한국에 잠깐
다녀간 적이 있었다. 요즘 유학생들은 방학이 되면
한국에 가는 사람들이 많지만 그때만 해도 부모님의
피 같은 돈으로 유학 생활을 하는 처지인지라 대부
분 유학생들이 한국에는 4~5년에 한 번 정도 다녀갔
다.

한국 비행기는 비싸서 프랑스 항공 편을 주로 이

용했는데 한번은 이런 일이 있었다. 비행기에서 목이 말라서 한 승무원에게 오렌지 주스 한 잔을 부탁했다. 프랑스에서 5년을 살았으니 말도 어지간하게 할 때였고 그들의 언어 습관도 어느 정도 익혔을 때라 "오렌지 주스 한 잔 주세요"라고 예의를 갖춰 말했다.

"엥 쥐 도렁쥐un jus d'orange, 씰 부 쁠레!"

그런데 그 승무원이 갑자기 나를 비행기 뒤쪽으로 데리고 가는 것이 아닌가. 무슨 일인지 영문도 모른 채 일단 따라가긴 했는데 승무원은 갑자기 나한테 격앙된 어조로 하소연을 하기 시작했다.

"한국 사람들은 왜 그렇게 불친절해요? 음료수건 음식이건 주문을 할 때 예의가 전혀 없어요!"

한국인인 내가 예의를 갖춰 말을 하니까 그동안 다른 한국인에 대해 쌓여 있던 울분이 나한테 터진 것이다. 그래도 승무원이 승객에게 다짜고짜 그럴 건 아니지 않나라는 생각이 들었지만, 뭔가 오해가 있는 것 같아서 이렇게 말해주었다.

"아, 그, 한국인들이 원래 마음을 잘 표현하지를 못해요."

그랬더니 승무원이 한숨을 쉬며 말했다.

"말로 표현하지 않으면 상대방이 어떻게 그 마음을 이해하겠어요?"

그러고는 나한테 미안했던지 양주 샘플과 트럼프 카드, 포장도 뜯지 않은 담요를 한아름 가져다주었다.

요즘이야 이런 사람들이 없을 거라고 생각하는데 얼마 전 한 기사를 보니 프랑스의 어느 카페에서는 주문할 때 "씰 부 쁠레!"라는 말을 붙이면 값을 깎아주는 곳이 있다고 한다. 그러나 우리나라에서는 아직도 주문을 하거나 물건을 사면서 참 싸가지 없이 말하는 사람들을 종종 볼 수 있다. 예의가 바르면 자다가도 떡이 생긴다는데.

그런가 하면 예의 바른 표현이 아주 귀에 거슬릴 때도 있다. 프랑스에서 대학원에 다닐 때만 해도 내가 골초여서 하루에 담배 두 갑을 필 정도였다. 하루는 쉬는 시간에 밖으로 나와 담배에 불을 붙이는데 갑자기 뒤에서 "씰 부 쁠레!"라는 말이 들려왔다. 뒤돌아보니 수업을 같이 듣던 한 프랑스 녀석이 내게 담배를 줄 수 있느냐고 묻는 것이었다.

프랑스에 온 지 얼마 되지 않기도 했고 프랑스 친구 한 명 알아두면 공짜로 말도 배울 수 있고 수업 시간에도 도움을 받을 수 있을 거라 생각한 나는 기꺼이 녀석에게 담배를 주었다. 그랬더니 녀석은 불도 빌려달라고 해서 라이터도 녀석에게 넘겨주었다.

문제는 그 녀석이 1년 넘게 그랬다는 것과 이제 나도 프랑스 생활에 어느 정도 적응을 했다는 것이었다. 끈질기게 나에게 담배와 불을 빌리는 그 친구에게 살짝 짜증이 난 나는 "야, 넌 허파만 가지고 다니냐?"라고 핀잔을 주곤 했다.

그러던 어느 날, 아주 우연히 녀석에 대해 알게 되었다. 이 녀석이 프랑스에서 중세 시대부터 내려오는 전통 있고 힘 있는 귀족 가문의 장남이라는 사실이었다. 그리고 녀석은 고등학교를 졸업한 뒤 독립을 했고, 집에서 돈 한 푼 갖다 쓰지 않은 채 생활비와 학비를 스스로 벌어서 내고 있다는 것이었다. '아, 그래서 친구들에게 한번씩 담배를 빌려달라고 한 거구나. 그래도 그렇지, 이 자식아.'

그 뒤로 달라진 게 있다면 녀석이 나에게 담배를 달라기 전에 내가 먼저 녀석에게 담배를 권했다는 것이다. 아, 나는 귀족 신분 앞에 한없이 약해진 것일까, 아니면 허파만 가지고 다니는 프랑스 녀석에게 그새 정이 든 것일까.

지는 것도
쉬운 일은 아닌지라

Désolé(e) 데졸레

'유감이야'라는 뜻.

내가 프랑스에 10년 가까이 살면서 '데졸레(유감이야)' 이 표현을 듣고 가장 열받았던 적이 있었는데, 바로 '보험'과 관련된 사건이었다.

유학생은 반드시 보험이 있어야 체류증을 얻을 수 있다. 그런데 보험료가 비싸서 일반적으로 한국 학생들은 실제로 병이 나도 별 효력이 없지만 체류증을 얻기 위해서 싼 보험을 드는 경우가 많았다.

그런데 학생 부부의 경우에는 프랑스 정부에서 운영하는 보험이 있었다. 우리나라의 국민의료보험 같은 것으로, 거의 모든 병에 대해 보험 혜택이 적용되고 비용도 매우 저렴했다. 물론 나도 그 보험을 들 수 있어서 한동안 보험에 대한 부담 없이 살았다.

그런데 프랑스에서 한 8년쯤 살았을까. 어느 날

의료보험 기관에서 편지 한 통이 날아왔다. 내용인
즉 우리나라 돈으로 한 500만 원 정도 되는 보험료
를 내라는 것이었다.

너무 놀란 나는 대체 이게 어떻게 된 일인지 알아
보았더니, 나이가 적으면 보험료가 매우 싸지만 특
정 나이를 지나게 되면 경제 활동을 하는 사람으로
취급하여 보험료가 엄청나게 비싸지는 것이었다.

그런데 여태 한 번도 연락이 없다가 우연히 발견
한 모양이었는데 그동안의 돈을 소급해서 지불하라
는 것이었다. 나는 의료보험 기관에 전화를 해서 담
당자와 통화를 했다. 그런데 그 직원은 법이 그런 거
라 자신도 어쩔 수 없다며 "데졸레(유감이야)"만 외
치는 것 아닌가.

나는 매우 황당하고 어이도 없고 어찌할 줄 몰라
하다가 살고 있던 동네의 구청으로 찾아갔다. 프랑
스도 민원 상담을 해주는 창구가 있는데 혹시나 하
는 마음으로 번호표를 뽑고 기다려서 담당자와 이야
기를 할 수 있었다. 상담 창구에 있던 직원은 나이가

꽤 지긋하신 할머니이셨다. 나는 너무 흥분한 나머지 프랑스어도 제대로 나오지 않았고 억울해하며 어떻게 해야 할지 모르겠다고 하소연을 했다.

내 말을 듣던 할머니는 나를 진정시키고는 잠깐만 기다리라고 하셨다. 그리고 어디다 전화를 하셨는데 들어보니 의료보험 기관이었고, 할머니는 담당자를 바꿔달라고 하시고는 목소리를 높여 한 20분을 싸우셨다.

"당신들 제정신이야? 학생들이 돈이 어디 있다고 이렇게 많은 돈을 한꺼번에 지불하라고 하는 거야? 그동안 서류 정리를 하지 않아서 비용이 누적된 건데 그럼 엄연히 당신들 직무 유기 아니야? 학생들이 프랑스에 공부하러 왔는데 프랑스에 대한 이미지가 얼마나 나빠지겠어?"

이렇게 한참을 말씀하시던 할머니는 전화를 끊고는 나를 보며 인자하게 웃으시면서 안심시켜주셨다.

"너무 걱정하지 마. 내가 담당 직원에게 말해서 문제를 해결했으니까."

그러고는 이렇게 격려도 해주셨다.

"의료보험은 나이가 있어서 이제 비싸지니까 국가에서 빈민자들을 위해 운영하는 무료 의료보험 제도가 있어. 이걸 들을 수 있도록 해줄 테니까 너무 걱정하지 말고 열심히 공부해."

공무원으로서 지역 주민을 위해 격렬(?)하게 싸우시는 할머니를 보며 참으로 감사해서 눈물이 핑 돌았다. 이것이 진짜 공무원의 참 모습이구나, 할머니 덕분에 십 년 감수했다.

또 다른 썰은 내가 친구에게 본의 아니게 정말 미안했던 일이다. 프랑스에서 2년 정도 유학 생활을 하고 있을 때였다. 새벽에 전화가 와서 비몽사몽간에 전화를 받았더니 한국에서 친구 녀석이 전화를 한 것이었다(한국이 프랑스보다 8시간이 빠르다).

시차를 신경 쓰지 않고 전화를 하시는 분은 대부분 부모님이시라 새벽에 전화가 오면 99%는 아버지가 전화를 하신 것이었다. 아버지는 내가 유학 생활을 할 수 있도록 절대적인 경제적 지원을 해주시는

'갑 중의 갑'이어서 아무리 졸려도 칼같이 전화를 받게 되어 있다.

가뜩이나 피곤해 죽겠는데 부모님이 아닌 친구 놈이 전화를 한 것에 몹시 화가 나고 짜증이 난 나는 이렇게 말했다.

"야, 인마! 너 돌았냐? 지금이 몇 시인데 전화야 전화가?"

하지만 녀석은 철면피처럼 내 말은 가볍게 씹고 자기가 프랑스에 온다는 용건을 전했다. 학교 다닐 때 유일하게 나만큼 공부를 못하던 놈이었기에 강력하게 오지 말라고 말렸지만 녀석은 늘 그렇듯 내 경고를 무시하고 프랑스에 왔다.

어쩔 수 없이 중고차를 끌고 공항에 마중을 나갔는데 이 자식이 기숙사에 들어가기 한 달 전에 온 것이 아닌가. 결국 이 자식은 거의 한 달을 내 옆에 빌붙어 살았고, 나는 울며 겨자먹기로 참는 수밖에 없었다. 그뿐만 아니라 녀석은 기숙사에 들어가고 어느 정도 자리를 잡고 난 후 일주일에 거의 한 번씩 우리 집에 와서 한국 음식을 얻어먹곤 했다.

그것만이었으면 조금 얄미웠겠지만 우리는 함께 꼭 테니스 시합을 하곤 했다. 나도 그 녀석도 프랑스에서 테니스를 처음 배웠는데 온갖 구기 종목에 최적화되어 있던 나는 아주 빠르게 테니스를 잘 치게 되었고, 녀석과의 시합에서도 이기기 시작했다. 시합에서 내기가 없으면 한국인이 아니기 때문에 영화표 내기를 했는데 영화표가 꽤 비싼 편이었다.

문제는 이렇게 거의 매주 한 번씩 8년 가까이 테니스 시합을 했지만 녀석은 한 번도 나를 이긴 적이 없다는 것이었다. 축구 선수 출신이었던 나는 상대방이 실력이 없다고 해서 봐주는 것은 오히려 상대방을 업신여기고 조롱하는 거라 생각했기 때문에 늘 최선을 다해서 테니스를 쳤고, 8년 동안 영화를 공짜로 봤다.

그러다가 내가 박사 학위를 먼저 마치게 되어 한국으로 돌아오기 전 녀석과 프랑스에서 마지막으로 테니스 시합을 하게 되었다. 나는 속으로 '이번에는 져주자'라는 마음을 갖고 서비스를 약하게 쳤는데 녀석이 귀신같이 알아차리더니 자신을 봐주는 거냐며 불같이 화를 내는 것이다. 나는 속으로 '데졸레(유감이야)'를 외치며 그날 시합도 결국 이기고야 말았다.

그런 녀석은 프랑스인과 결혼하여 예쁜 딸을 낳고 프랑스에서 잘 살고 있는데 얼마 전 가족과 함께 한국에 와서 즐거운 한때를 보냈다. 식사를 하고 카페에 가서 인형같이 생긴 녀석의 딸을 옆에 앉히고 맛있는 아이스크림을 사주었다. 그런데 갑자기 친구 녀석이 딸에게 이렇게 말하는 것이 아닌가.

"이 아저씨가 아빠를 늘 이겨서 아빠를 화내게 했던 사람이야!"

20년도 훨씬 지난 일을 밴댕이처럼 꼭 간직하고 있다가 딸에게 고자질하는 비겁한 그놈의 이름은 '고형원'이다. 형원아, 파리에서 잘 지내고 있나? 함 갈게, 테니스 한번 치자. 한국 프랑스 왕복 비행기 티켓 걸고! 히히.

파리 벤츠의 추억

Excusez-moi! 엑쓰뀌제-무와!

실수를 하여 상대방에게 사과할 때 사용하는 표현.

I

내가 프랑스에서 운전 초보일 때의 일이다. 파리에서
큰길에는 차를 길 옆에 주차를 한다. 하루는 일을 마
치고 길 옆에 주차를 해놓은 차를 빼기 위해 후진을
하려고 몸을 돌려 뒤를 보면서 페달을 밟았다. 그런
데 실수로 전진 기어에 놓는 바람에 갑자기 차가 앞
으로 훅 나가서 앞에 주차되어 있던 차를 쿵 하고 박
고 말았다.

차 밖으로 나와 보니 내가 박은 차는 비싸디 비
싸다는 '벤츠'였고 뒷 범퍼가 약간 긁힌 정도였지만
수리비를 생각하니 순간적으로 너무 당황하여 어찌
할 줄 몰랐다. 벤츠 운전석에서 나온 40대 중반 정
도로 보이는 여인은 비싸 보이는 밍크 코트를 입고
있었다.

벤츠 여인은 나를 보며 살짝 미소를 지으며 인사를 했다. 얼굴이 하얗게 사색이 된 나는 그 여인에게 "엑쓰뀌제-무와 밀 푸와(천 번 잘못했습니다)!"라고 말했다. 물론 여기서 '천 번'은 정말로 미안하다는 강조의 의미다. 그런데 그 여인은 자기 차의 범퍼를 슬쩍 보더니 아무렇지도 않다는 듯 손으로 인사를 하며 되돌아가려는 것이 아닌가.

나는 그녀를 불러 세워서 범퍼에 난 자국을 손으로 가리켜 보여주었다. 그러자 그녀는 내게 이렇게 말했는데 대충 요약하면 이렇다.

'범퍼라는 것이 외부로부터의 충격을 완충시켜주는 역할을 하는 것인데 당신이 내 차를 박았을 때 운전석에 앉아 있으면서 거의 충격을 느끼지 못했다. 그 말은 내 차 범퍼가 기능을 잘한다는 것이니까 그거면 됐다.'

아주 쿨하게 미소를 지으며 벤츠를 몰고 가는 그녀를 보고 나는 잠시 충격에 빠졌다. 우리나라에서 내가 운전을 배울 때 사람들은 나에게 누군가가 뒤에서 차를 박으면 일단 목을 잡고 차에서 나가라, 현장 사진을 반드시 찍고 병원에서 정밀 진단을 받으라는 등 살벌한 방법만을 알려주었다. 나였더라도 누군가 뒤에서 내 차를 박아서 범퍼에 흠집이 났다면 반드시 보상을 받아 냈을 텐데 말이다.

내 실수로 인해 사과를 할 때도 있지만 사과를 요구받는 경우도 있다. 그중 문화적 차이로 인한 썰은 이렇다.

프랑스 파리에는 국제 기숙사인 '씨떼 유니베흐씨떼흐Cité Universitaire'가 있다. 이곳에는 유학생들, 특히 결혼하지 않은 싱글들이 운동이나 공부를 하고 식사를 하러 자주 갔다. 솔직히 집에서 밥을 먹기 시작하면 공부할 시간이 많지 않고 또 혼자 사는데 귀찮기도 해서 정말 많은 유학생이 이곳에서 식사를 했다.

음식이 맛있지는 않지만 값이 싸고 쉽게 먹을 수 있다는 것이 가장 큰 장점이라 한국 남학생들이 모여서 밥을 먹는 경우가 흔했다. 지금은 그러지 않겠지만 내가 유학할 때만 해도 대부분 60년대생들이 유학을 했고, 한국에서의 습관을 고치지 못한 채 프랑스에서도 본의 아니게 습관을 그대로 드러내서 문제가 생기기도 했다.

무슨 말인고 하니 한국 남학생들은 밥을 먹고 나면 한국에서 했던 것처럼 허리띠를 풀고 트림을 끅했고, 그럼 여기저기에서 유럽 학생들의 경멸에 찬 야유와 함께 사과하라는 고함 소리가 들려온다는 것이다. 참고로 트림은 프랑스어로 '호떼roter'라고 한다.

이들에게 식탁에서 트림을 하는 것은 매우 큰 실례인데, 사실 그렇다고 지들이라고 예의가 바른 것은 아닌 것이 유럽 애들은 식사하는 도중에 휴지를 코에 대고 팽 소리가 쩌렁쩌렁 울릴 정도로 풀어댄다. 이렇게 코를 푸는 행동을 프랑스어로 '쓰 무쉐se moucher' 라고 한다. 우리나라에서 코를 소리 나게 푸는 것은 예절에 어긋나는 행동이기 때문에 이에 대해서는 우리나라 학생들이 야유를 했다.

지금은 아마도 이런 행동들을 하지 않겠지만 모두 유학 생활의 추억 한 장면이다. 그냥 재미로 참고 삼아 이야기하면 방귀를 뀌는 것은 '빼떼 péter'라고 한다.

어린 왕자의
프랑스어 실력

Comment ? 꼬멍?

'뭐라고?'라는 뜻

I

다음 이야기는 지인에게서 들은 것으로, 프랑스에서 유학한 지 3년 정도 지났을 때 지인의 대학 동창이 유학을 오겠다며 연락을 했다고 한다.

학창 시절 프랑스어를 지인과 쌍벽을 겨룰 정도로 못하던 친구 녀석은 회화 실력을 공짜로 향상시키기 위해 프랑스 여자 친구를 사귀었다. 그런데 세상 참 오래 살고 볼 일이 한국에 있을 때 지인의 친구는 한국인 중에서도 좀 더 동양인의 외모를 가지고 있어서 친구들에게 놀림을 당할 정도였는데 프랑스에 오자마자 또래의 프랑스 여자애들은 녀석이 '어린 왕자'를 닮았다는 등 어이없는 소리를 해대며 녀석에게 꽤 호감을 갖는 것이 아닌가.

어쨌건 간에 그 녀석은 프랑스 여자 친구를 사귀

게 되었고, 어느 날 담배 가게에 가서 자신이 피우는 담배 이름을 댔는데 주인이 "꼬멍(뭐라구)?"이라고 말하는 것이 아닌가. 사연인즉 담배 이름이 프랑스어 발음 중에서 우리말 '지읒(ㅈ)'에 가까운 소리가 들어가는데 녀석이 이 발음을 제대로 하지 못해 주인이 알아듣지 못했다는 것이다.

결국 손가락으로 담배를 가리켜야만 했던 그 녀석은 자존심이 상할 대로 상해서 집으로 돌아왔다. 그러고는 여자 친구로부터 그 발음을 집중적으로 훈련을 받고 이제는 하산해도 된다는 허락을 받자마자 다시 담배 가게로 갔다. 그리고 담배 가게 주인에게 자신 있게 대화를 시작했다.

"안녕하세요? 잘 지내시죠? 가족분들도 잘 계시고요? 오늘 날씨가 참 화창하네요. 무슨 담배 좀 주세요."

그 녀석은 대화 내용을 딸딸 외웠기 때문에 그 어느 때보다도 자신감이 넘쳤지만 주인으로부터 돌아온 답은 또다시 "꼬멍(뭐라구)?"이었다.

이번에는 담배 이름을 정확히 발음하기는 했지만 평소 친하지도 않은 웬 동양 녀석이 들어오더니 갑자기 가족 안부에 날씨까지 이야기하니까 주인은 어안이 벙벙했던 것이었다. 그래서 담배 이름 자체를 듣지 못해서 다시 한번 말해 달라고 한 것이다. 그런데 그 녀석은 자신의 발음이 또 신통치 않아 주인이 못 알아들은 것이라고 지레 짐작을 하고는 '공부를 계속해야 하나?'라는 심각한 고민에 빠졌다고 한다.

조심해라, 응?

Attention ! 아떵씨옹

'조심해'라는 뜻.

I

나라마다 몸을 사리고 특별히 조심해야 하는 날이 있다. 예를 들어, 서양의 경우 13일의 금요일은 불길한 날이라 특히 몸조심을 해야 하는 미신이 있다는 것은 익히 잘 알려져 있다. 그렇다면 왜 이런 미신이 생겨나게 된 것일까.

우선 이 숫자는 단순히 12라는 숫자 뒤에 왔기 때문에 불행을 가져다준다고 생각했을 것으로 추정되는데 고대 그리스 로마 시절에 12는 완벽한 숫자라고 여겨졌다고 한다. 올림프스 신전의 신들이 12신, 별자리가 12개, 헤라클레스의 12가지 과제뿐 아니라 1년은 12달, 낮은 12시간, 밤도 12시간 등 12라는 숫자는 완벽을 의미했다. 그런데 완벽한 12라는 숫자에 1이 더해진 13은 완벽이 아니라 신에게 대적

하는 숫자로 판단되었기 때문에 불길한 숫자로 여겨진다고 추정할 수 있다.

종교적인 의미에서도 기독교에서 숫자 13은 예수가 죽기 전에 제자들과 했던 최후의 만찬과 관련이 있는데 예수와 제자 12명을 합하면 13명이며 예수를 배반한 유다의 온전한 이름에 알파벳 철자가 13개였다고 한다. 또한 예수가 십자가에 못 박혀 죽은 날이 13일의 금요일이라고 하니 기독교인들에게 13이라는 숫자가 좋게 여겨질 리 만무하다.

이 미신에 대한 또 다른 주장은 1307년 10월 13일의 금요일에서 원인을 찾을 수 있다. 필립 르 벨 왕은 성당 기사들로부터 그들의 책임이 아닌 범죄에 대해 자백을 받기 위해 이들을 체포하고 고문했다. 그리고 자백을 거부한 기사들은 장작더미에서 화형을 시켰는데 성당 기사들의 대장은 불공정한 재판에서 화형을 선고받자 저주를 퍼부었다고 한다.

"교황 끌메멍이여! 왕 필립이여! 1년 안에 나는 당신들의 죄를 하나님의 심판대에서 말할 것이오.

당신의 후손들의 13번째 세대까지 저주가 있을 것이다!"

그런데 이 저주가 효과가 있었다고 하는데 교황은 한 달 뒤에 죽었고 왕은 그 다음 해에 죽었기 때문이다. 그리고 왕의 세 아들은 후계자를 남기지 못하고 죽어서 결국 까페 왕조는 멸망하게 된다. 이로부터 숫자 13이 불행을 안겨다주는 숫자로 여겨졌다는 것이다.

10년 가까운 프랑스 유학 생활을 마치고 대학 교수가 될 수 있다는 순진한 생각을 갖고 귀국한 나는 정말 조심해야 할 위험천만한 상황들이 한국 도처에 지뢰처럼 깔려 있음을 알게 되었다.

강남을 걸어가고 있었는데 바람이 많이 불었던 날이었다. 머리 위에서 이상한 소리가 나서 고개를 들어보니 2층 높이에 있는 가게들의 선전 간판이 바람에 흔들리는 소리였다. 정말 놀랐는데 어떻게 저런 간판이 사람들이 많이 다니는 인도 쪽, 그것도 머리 위에 있는지 정말 위험천만한 상황이 아닐 수 없었다. 어디 그것뿐인가. 고층의 아파트 단지에 가보면 에어콘 실외기가 베란다 밖으로 설치되어 있어서 정말 보기만 해도 아찔하다.

자동차 사고가 나면 운전자들이 차에서 나와 차를 도로에 그대로 두고 서로 쌈박질을 해댄다. 보험사 직원이 올 때까지 차를 움직이면 안 된다는 말을 하는데 아니 자동차 보험을 우리가 왜 드는 것인가. 운전자 간에 불필요한 다툼을 없애려는 것이 목적 아닌가.

프랑스에서는 차끼리 접촉 사고가 나면 운전자들이 나와 서로에게 가볍게 인사를 하고 보험 회사에서 받은 사고 경위에 어떻게 사고가 났는지 각자 적고 서류를 바꾼 후에 바로 헤어진다. 그리고 보험 회사에 이 서류를 보내면 회사들끼리 박 터지게 싸우는 것이 정상이다. 차 사고가 나서 운전자는 가뜩이나 정신이 없는데 왜 운전자들끼리 멱살을 잡고 시시비비를 따져야 하는가.

얼마 전에는 일산 호수 공원에서 킥보드를 타던 학생들이 산책하던 노부부를 치어서 할머니가 사망하는 사고가 있었다. 인도에서 킥보드나 전기 자전거를 타면 정말 위험한데 왜 엄격한 단속을 하지 않는 것일까. 안전 불감증의 나라라는 것이 정말 짜증난다.

너 같으면
잘 지내겠니?

Ça va? 싸 바?

'잘 지내지?'라는 뜻으로 만났을 때 하는 인사.

I

프랑스에서 내가 살던 집은 방 한 칸에 모든 것이 다 있는 구조였다. 튼튼한 화강암이나 돌로 지은 것이 아니라 마치 컨테이너 박스처럼 조립된 형태로서 문제는 윗집은 물론 심지어 맞은편 집에서 전화하는 내용까지 다 들릴 정도로 방음이 전혀 되지 않는다는 것이었다. 특히 윗집에는 여자 혼자 살고 있었는데 직업이 무엇인지는 모르겠지만 새벽 2시 정도가 되면 구두를 신고 돌아다니는 바람에 또각거리는 소리에 9년간을 시달렸다.

어김없이 윗집에서 새벽 2시에 또각또각 구두 소리가 난 다음 날, 학교에 가려고 문을 열면 윗집 여자를 우연히 마주치는 경우가 있었다. 그럼 윗집 여자는 나를 보고 살짝 웃으며 "싸 바?(잘 지내지?)"라고 인사말을 건넸다. 그런데 내 입장에서는 솔직히 대답이 선뜻 나오지 않았다. 누구 염장 지르는 것도 아니고 새벽까지 방에서 구두 신고 돌아다니는 여자한테 인사를 듣고 싶지는 않았다.

그런데 더 울화통이 터지는 것은 이런 엿 같은 환경 속에서도 그놈의 돈이 없어서 이사를 못 가는 나의 한심한 처지였다. 한국 같으면 올라가서 대판 싸움이라도 해보겠지만 프랑스어가 딸리는 내 입장에서는 솔직히 그것도 만만치 않은 일이었다. 우리 속담에 "웃는 얼굴에 침 못 뱉는다"라는 말이 있지만 미소 지으며 나에게 인사말을 건네는 그 여자한테는 환하게 웃으며 인사할 기분이 생기지 않았다.

좀비처럼 새벽에 돌아다니던 그 여자는 지금 어떻게 살고 있을까. 지금 같으면 그 여자가 "싸 바?"라고 묻는다면 "너 같으면 싸 바 하겠냐?"라며 한국어로 실컷 욕을 해줄 수 있을 것 같다.

구어적 표현으로 "빠 말pas mal"이라는 표현도 사용하는데 영어로 "not bad"의 의미다. 이 표현은 어느 정도 프랑스어를 할 줄 아는 경우에 주로 사용하는 편인데 프랑스 친구한테 괜히 이 말을 했다가 상대방이 '아, 이 친구 프랑스어를 좀 할 줄 아는구나'라는 착각을 불러 일으키게 해서 갑자기 입에 오토바이를 단 것처럼 따다따다 말할 수도 있다.

이렇게 되면 대략 난감이다.

프랑스에서
가장 아름다운 여인

Super! 쒸뻬흐

'그거 끝내주는데!'라는 뜻.
같은 표현으로 c'est génia(쎄 제냘)이 있다.

I

내게 늘 담배를 달랬던 그 프랑스 녀석이 어느 날, 내게 다가와 "오늘 강의 끝나고 내가 프랑스에서 가장 아름다운 여인을 소개시켜줄까?"라고 말하는 것이 아닌가. 나는 속으로 '쎄 제날(끝내주는데)!'을 외쳤지만 겉으로는 시큰둥한 표정으로 마지못하는 척 승낙을 했다.

강의 시간에 머릿속은 온통 '프랑스에서 가장 아름다운 여인'에 대한 생각뿐이었고, 그날 따라 시간은 마치 못으로 고정시켜 놓은 것처럼 가지 않았다. 겨우 강의가 다 끝난 후 녀석과 지하철을 타고 가다가 어느 역에서 내렸다. 그리고 한 10분쯤 걸어갔는데 갑자기 녀석이 멈춰서는 "자, 내가 말한 최고의 미녀야"라며 손으로 앞을 가리키는 것이 아닌가.

그 녀석이 가리킨 곳에는 다름 아닌 에펠탑이 우뚝 서 있었다. 프랑스어에서 명사는 남성과 여성으로 구분되며, '탑'은 여성으로 여겨진다. 녀석은 에펠탑을 가리켜 프랑스에서 가장 아름다운 여인이라고 소개한 것이다.

놈은 껄껄대며 웃어댔지만 내 속은 부글부글 끓어올랐다. 이 녀석이… 한국에서 이런 농담을 했다면 녀석의 생사는 장담하기 어려웠을 텐데.

그런가 하면 나는 열받아 죽겠는데 뭐가 그리 재미있는지 "끝내준다"는 말을 연발하며 내 속을 뒤집어 놓은 사건도 있다.

프랑스는 파업으로도 꽤 유명하다. 보통은 대중교통이 파업을 하더라도 버스와 지하철이 동시에 하지는 않고 순차적으로 하기 마련이지만, 어느 해에는 버스와 지하철이 동시에 파업을 했다.

어떻게 학교에 가야 할지 안절부절못하고 있는데 잠시 후 직장인들로 보이는 사람들이 우르르 어느 장소로 몰려가는 것이다. 왠지 모를 기대감에 그 사람들을 따라갔더니 지하철역 앞에 군인 트럭들이 잔뜩 서 있었다.

프랑스에 와서 군인을 거의 처음 본 것이라 약간 신기하기도 했는데 트럭 앞에는 어디까지 가는지 목적지가 적혀 있었고 사람들은 자신들이 가야 할 장소와 가장 가까운 방향이 적힌 트럭에 타기 시작했다. 한국에서 약 3년의 군 복무를 마친 병장으로서 트럭이라면 지겹게 탔지만 프랑스에서 트럭이라니 약간 기분이 이상했다.

어쨌든 트럭에 올라탔는데 촘촘하게 앉은 사람들은 얼굴에 미소를 띠며 길고 딱딱한 의자에 엉덩이를 툭툭 대며 "쒸뻬흐(끝내주는데)!"라는 말을 연방 내뱉는 것이었다. 아니 저 사람들은 불편을 겪는데도 화를 내지 않나 하고 순간 매우 의아해했다.

아무리 군대가 징병제가 아니라서 군대를 가지 않거나, 가더라도 아주 짧게 다녀와서 이것이 신기할 수도 있지만 그래도 자신이 불편을 겪음에도 불구하고 이렇게 웃을 수 있다는 게 매우 신기했다. 우리나라에서 만약 버스와 지하철이 동시에 파업을 해서 사람들이 출퇴근길에 불편을 겪게 되면 어떠한 반응을 보일까. 프랑스인은 긴 여름 휴가를 마치면 근로자로서의 권리와 이익을 위해 직업군별로 파업을 시작하는데 아마 자신들도 파업을 하기 때문에 이들의 파업을 이해해주는 것이 아닐까.

어쨌든 오랫동안 잊고 있던 한국 군 복무 시절, 대민 지원을 나가기 위해 트럭에 몸을 싣고 덜컹대는 시골길을 갔던 추억이 떠올랐다.

정답은 없어

Très bien 트레 비양

'아주 좋아'라는 뜻.

I

'좋다'는 것은 상황이 나에게 아주 유리하게 돌아갈 때 사용할 수 있다. 그런데 항상 그런 것만은 아니다.

아버지는 젊었을 때 굉장히 잘생기셨다는데 불행히도 나이가 드시면서 대머리가 되셨다. 어머니는 운동을 아주 잘하셨지만 키가 아주 작으셨다. 다섯 형제 중 막내인 나는 아버지의 외모가 아닌 대머리를, 어머니의 작은 키 유전자를 받고 태어났다.

그나마 프랑스에서 유학할 때는 괜찮았지만 한국에 들어와 너무도 한국 음식이 먹고 싶어서 매일 양념 치킨을 비롯하여 달고 짠 음식으로 폭식을 하는 바람에 혈압과 당뇨가 동시에 왔다. 그래도 30대 때는 별로 크게 신경을 쓰지 않았지만 나이가 들수록 건강이 염려되었으며, 30년이 넘게 앓고 있는 디스

크 때문에 운동도 하지 않아서 건강은 점점 더 나빠졌다.

아무튼 3개월마다 혈압약과 당뇨약을 타러 동네 의원에 가서 피 검사를 받고 있는데 하루는 의사가 검사 결과를 보더니 "좋아, 아주 좋아"라고 말하는 것이었다. 병이 더 나빠졌을까봐 잔뜩 긴장하고 있던 나는 의사의 말에 좋아하며 "수치가 많이 좋아졌나요?"라고 기대에 찬 목소리로 물었다. 그러자 의사는 고개를 단호하게 가로지으며 말했다.

"4대 성인병에 다 걸렸어요. 무슨 테니스 그랜드 슬램도 아니고, 하하하."

아무리 그래도 환자 앞에서 할 소리는 아니지 않은가.

'트레 비양(아주 좋아)'과 관련된 또 다른 이야기로는, 프랑스 대학에 '트레 비양'이라는 점수가 있으며, 20점 만점에 15점 이상이면 이 점수를 받을 수 있다는 것이다. 실제로 트레 비양 점수를 받는 학생은 그리 많지 않다고 한다. 내가 프랑스 대학원에서 처음으로 중간고사를 보았을 때, 한 문제에 대한 자신의 의견을 쓰는 문제가 나왔다.

같이 강의를 듣던 한 한국 학생은 우리나라에서 가장 좋은 대학을 졸업하고 유학을 왔다. 시험이 끝나고 그다음 주에 교수님은 학생들에게 답안지를 나눠주었는데 의외로 그 명문대 학생은 시험에 통과하지 못했다.

그리고 교수님은 그 학생에게 "자네는 시험을 뭐라고 생각하는가? 내가 시험을 보는 것은 자네가 수업 시간에 출석을 했는지 확인하는 것이 아닐세"라고 말했다. 내용인즉, 그 학생이 한국식으로 강의 시간에 교수님이 말씀하신 내용을 그대로 답안에 작성했던 것이다. 교수님은 이렇게 덧붙였다.

"자네가 쓴 이 답은 자네 것이 아닌 내 것일세. 시험의 목적은 내가 제시한 이 문제에 대한 자네의 논리적인 생각을 적으라는 것이지 내 것을 쓰라는 것이 아니라네."

그 학생은 꽤 충격을 받은 눈치였다. 하긴 우리나라에서 최고의 대학을 나올 정도라면 어려서부터 동네에서 최소한 영재 소리를 들으며 자랐을 텐데 시험에서 낙제 점수를 받기는 처음일 것이다. 이 일이 있고 난 후 그 학생은 학교에 나오지 않았다.

시험에 정답은 없다고, 어떤 답이든 논리적이고 합리적인 사고 방식에 근거하여 체계적으로 입증하면 그것이 곧 정답이라는 프랑스식 생각은 암기식 교육에 익숙한 나에게는 매우 충격적으로 다가왔다.

사람이
갑자기 바뀌면?

Pas mal 빠 말

'나쁘지 않아'라는 뜻.

칭찬에 인색하다는 말을 듣는 이들이 있다. 나도 칭찬을 참으로 안 하는 편에 속하는데 평소 가까이 지내는 제자들 중 유난히 공부를 잘하는 학생이 있었다. 그러나 나는 녀석에게 절대 잘했다고 칭찬해준 적이 없고 다만 "나쁘지는 않네"라고 말해주곤 했다.

반면에 성적이 그렇게 높지 않은 학생들에게는 격려의 말을 잊지 않는 편이다.

"괜찮아, 아직 시간이 많이 남아 있으니까 충분히 만회할 수 있어. 나를 봐. 학교 다닐 때 너보다도 성적이 좋지 않았는데 지금 선생 하고 있잖아."

물론 공부 잘하는 녀석이 이 얘기를 들으면 괜히 서운하고 섭섭할 수 있겠지만, 잘하는 녀석은 내가 뭐라고 해도 스스로 알아서 잘하니까 방심하거나 자만하지 말라고 쓴소리를 하는 것이다.

사회 생활을 하다 보면 별의별 사람들을 다 만나게 되고 어쩔 수 없이 좋아하는 사람과 싫어하는 사람들로 구분하게 된다. 아무리 나 잘되라고 한다지만 맨날 나무라고 꾸짖는다면 아무래도 거리를 둘 수밖에 없다.

'칭찬은 고래도 춤추게 한다'는 말처럼 듣는 이로 하여금 기분을 띄워주고 열심히 하고자 하는 동기를 부여하는 데 칭찬만한 게 없다. 내가 남을 칭찬함으로써 남으로부터 괜찮은 사람이라고 평을 받는다면, 내가 한 칭찬이 부메랑이 되어 내가 칭찬받는 결과를 낳게 될 것이다.

어떤 사람은 아예 책상머리에다 "하루에 세 번 이상 칭찬하자"라고 써 붙이고, 출근하기 전에 눈으로 보고 실천하려고 애쓴다고 한다. 썩은 고기를 찾아 헤매는 하이에나처럼 칭찬할 거 없나 눈에 불을 켜고 찾아다니는 것도 우습다.

그렇지만 칭찬을 많이 하기 위해서는 무엇보다도

다른 사람이 잘한 일을 찾아야 하기 때문에 사람을 긍정적인 면으로 바라보려고 애써야 한다. 이는 결국 그렇게 하는 과정 속에서 나 역시 긍정적인 사고를 하게 된다는 것이 가장 큰 장점인 듯하다.

언젠가 나도 칭찬을 많이 해야지 하는 마음으로 늘 구박만 하던 녀석에게 친근하게 다가가 미소를 지으며 "요새 공부 열심히 하고 있지? 그래, 넌 잘될 거야"라고 말했다. 그랬더니 녀석은 약간 공포에 떨면서 "왜 이러세요? 어디 안 좋으세요?"라고 말하는 것이 아닌가.

아, 역시 사람은 하루아침에 바뀔 수 있는 게 아닌가 보다.

농담과
진담의 경계

Au revoir 오 흐부와(흐)

'다음에 봐'라는 작별 인사.

I

우리나라 사람들은 사실 말에 있어서 실제로 행동에 옮겨야 할 말만 하지는 않으며 그냥 예의상 말을 하는 경우가 허다하다. 예를 들어, 길을 가다가 우연히 오랫동안 연락이 끊긴 친구를 만났다고 가정해보자. 서로의 안부를 묻다가 헤어질 때 흔히 "내가 연락할게. 밥 한번 먹자"라는 말을 하게 되는데 이것은 내가 반드시 너에게 다시 연락을 하고 식사를 꼭 하자는 의미는 아니다. 그런데 대부분의 프랑스인은 말의 무게를 가볍게 보지 않는 것 같다.

영어의 토익이나 토플처럼 프랑스어도 프랑스어 능력 자격 시험(델프DELF)이라는 것이 있는데 듣기, 독해, 작문, 구술, 네 영역에 걸쳐 시험을 본다. 프랑스어 전공자들이나 프랑스로 유학을 가려는 사람들은 반드시 취득해야 할 자격증이다. '목구멍이 포도청'이라고 나는 감독관 교육을 받고 시험을 본 후에 감독관 자격증을 따서 시험 감독관과 채점관을 했다.

많은 프랑스인이 이 시험의 감독관이며, 시험장에 가면 서로 쉬는 시간에 이야기도 하고 밥도 먹으면서 친해지기 마련이다. 한번은 내가 시험이 끝난 후에 프랑스인 감독관과 헤어지면서 연락하겠다는 의미로 "주 뜨 하뻴르Je te rappelle"라고 말했다. 프랑스인에게 프랑스어로 한 말이지만 한국식으로 그냥 헤어질 때 예의상 한 인사말이었으며, 실제로 그 친구에게 전화를 하지는 않았다.

그리고 3개월의 시간이 지나서 다음 시험이 있던 시험장에서 다시 그를 만났다. 나는 그때의 일을 까마득히 잊고 그 친구를 향해 손을 들어 보이며 반가운 표시를 했다. 그런데 그 프랑스인의 표정은 굳어 있었고 나를 향해 오더니 진지하게 "왜 연락을 한다고 해놓고 하지 않았느냐?"며 정색을 하고 따지는 것이 아닌가.

순간, 나는 당황해서 뭐라고 해야 할지 말을 잇지 못했다. 어찌 보면 이는 문화의 차이라고 생각할 수도 있지만 어찌되었건 전화를 한다고 해놓고 하지 않은 것은 분명 내 잘못이었기 때문에 그 친구에게 사과를 하고 커피를 사주었다. 그리고 속으로 '이제 프랑스인 앞에서는 더더욱 허튼소리 하지 말아야지'라고 다짐했다.

단두대의 진실

Ah bon? 아 봉?
'아 그래?'라는 뜻.

I

프랑스어 "아 봉(아 그래)?"은 짧지만 대화체에서 많이 사용된다. 대화 상황에 따라 뉘앙스가 달라지는데 상대방이 좋지 않은 상황에 대해 이야기를 할 때 거기에 대한 리액션으로 활용되곤 한다.

사실 남들이 볼 때 외국어를 잘한다는 느낌을 주는 방법은 여러 가지가 있지만, 우선 발음이 부드럽게 넘어가고 말이 끊기지 않고 이어지게 말하는 것이 중요하다. 이는 실제로 외국어를 잘하는 사람에 해당하는 것이기 때문에 특별히 덧붙일 것이 없다. 중요한 것은 외국어를 그다지 잘하지는 못하지만 다른 사람에게 굉장히 잘하는 듯한 인상을 주는 경우다.

외국어로 대화를 할 때의 리액션은 상당히 중요하다. 말을 빨리 하는 데다 속어를 많이 사용하는 프랑스인과 대화를 하게 되면 사실 알아듣기가 쉽지가 않다. 이럴 때 바로 "아 봉?"이 대단히 유용하게 사용된다.

예를 들어, 상대방이 흥분하면서 격앙된 어조로 톤이 높아지고 소리가 커지면 매우 억울하거나 분통 터지는 일에 대해 말하고 있는 것이 틀림없다. 이럴 때는 눈을 똥그랗게 뜨고 같이 어조를 높게 하여 "아 봉?"이라고 말한다면 '아 그래, 무슨 그런 경우가 다 있냐?'라는 뉘앙스를 줄 수 있다. 즉 상대방의 억울함이나 분노를 충분히 납득한다는 의미가 내포되는 것이다.

반면에 상대방의 어조가 낮고 표정이 어두우면 무엇인가 안 좋은 일이 생겼다는 것이다. 따라서 이럴 때에는 같이 톤을 낮추고 부드럽게 "아 봉?"이라고 말하면 '아 그래? 거 참 안됐다'라는 느낌을 줄 수 있다.

또 이 표현은 무엇인가에 대해서 모르는 사실을 알게 되었을 경우에도 사용한다. "아 봉(아 그래)?"

프랑스 혁명에서 루이 16세는 사형 집행인이 칼로 목을 베던 사형 집행을 기계로 대신하는 '단두대'에 대해 칼날을 초생달 모양보다 사선 모양으로 만드는 것이 좋겠다고 이야기했는데, 아이러니하게도 1년 뒤 루이 16세는 자신의 설계한 단두대에서 목이 잘리게 된다. 단두대는 이후 200년 동안 사용되다가 1939년에 폐지되었다. '침묵의 풍차', '국가의 면도날'이라고도 불린 단두대. "아 봉(아 그래)?"

데카르트의 머리는
어디에 있을까?

Je suis 주 쑤이

'나는 ~이다'라는 표현.

I

우리에게도 잘 알려진 유명한 프랑스 명언 중 하나는, 근대 철학의 아버지 데카르트가 말한 "나는 생각한다, 고로 존재한다", 프랑스어로는 "주 뺑쓰, 동끄 주 수이Je pense, donc je suis"다.

유명한 수학자이기도 했던 데카르트는 철학에서도 수학적 개념을 접목시킨 인물이다. 데카르트 철학에서는 조금이라도 확실하지 않은 것은 버렸고, 확실성과 명증성을 추구했다. 누구에게 들은 이야기라 확실치는 않지만 이 말이 탄생하게 된 배경은 이렇다고 한다.

어느 날 데카르트는 짙은 커텐이 드리워진 채 식탁에 앉아 식사를 하고 있었다. 그리고 그는 생각했다. 그의 사고방식은 모든 것을 부정하는 것으로부터 시작했다. 종교에서 선악을 대표하는 신과 악마는 어떻게 존재하는 것인지 꼬리에 꼬리를 물고 고민하던 중 '인간이 살아 있는 존재라는 것을 어떻게 입증할 수 있을까?'라는 명제에 이르게 되었다.

그는 자신이 살아 있다는 근거를 찾으려고 고심하다가 문득 '아니, 가만. 내가 죽었으면 지금 이런 생각 자체를 못하는 거잖아? 내가 살아 있어야 이런 생각들을 할 수 있는 거지. 결국 나는 살아 있는 거네…!'라는 결론에 도달하게 되었다는 썰이 있다.

데카르트와 관련된 또 다른 일화는, 그의 유골에 대한 이야기다. 그는 말년에 스웨덴 왕비의 가정 교사가 되었고 1650년 스위스에서 생을 마감했다. 그의 유골은 여러 번에 걸쳐 이동되었고 최종적으로는 1819년 쌩-제르망-프레Saint-Germain-Pres에 안치되었다. 이때 사람들은 그의 머리가 없다는 사실을 알고 경악을 하였다. 1821년 퀴비에가 데카르트의 머리를 찾아 자연사 박물관에 안치했는데 사실 이것이 진짜 데카르트의 머리인지는 아무도 모른다고 한다. 게다가 지금까지 데카르트의 머리라고 추정되는 것이 무려 9개나 있다고 하니 이 또한 기괴한 일이다.

1793년 10월 프랑스는 자국의 위대한 업적을 세운 사람들을 빵떼옹Panthéon으로 안치하였는데 아직까지도 프랑스 정부는 데카르트의 유골을 옮기지 않고 있어서 데카르트의 잃어버린 머리 때문인 것인지 이 또한 의문이다.

왜냐고 물어봐도
괜찮은 사회

Pourquoi 뿌흐꾸와

'왜?'라는 이유에 대한 질문.

프랑스에서 하루는 지하철을 타고 학교에 가는데 옆에 앉아 있던 아주 예쁜 꼬마 여자아이가 신문을 읽고 있는 아빠에게 질문을 하기 시작했다.

"아빠, (신문 속) 이 아저씨 누구야?"

"응, 군인 아저씨야."

"군인이 뭐야?"

"나라를 지키는 아저씨들이지."

"근데 이 아저씨는 왜 옷 색깔이 파란색이야?"

"응, 풀이나 나무랑 비슷해서 나쁜 사람들이 찾지 못하게 하려고 하는 거야."

"그럼 하늘은 왜 파란색이야?"

순간 나는 그 질문에 대해 나 스스로에게도 물어 보았다. '어라, 하늘이 왜 파랗지?'

그리고 그 아이의 아빠가 뭐라고 대답할지 정말 궁금해서 쳐다보았다.

"글쎄, 그건 아빠도 모르겠는데. 내일 학교에 가서 선생님께 한번 여쭈어볼래?"

아빠들은 누구나 다 그럴 것이다. 자식에게만큼은 이 세상에서 가장 강하고 믿음직하고 모르는 게 없는 척척 박사가 되고 싶은 마음이 있다. 하지만 결국 인정해야 한다. 잘 모르면서 아는 척 하기보다 솔직하게 모른다고 인정하고 도움을 청해 자식이 제대로 배우기를 바라는 것이 아빠로서 최선의 방법이라는 것을.

내 친구가 중학교 때 과학 선생님에게 이런 질문을 한 적이 있다. 엘리베이터를 탔는데 고장이 나서 50층에서 급강하를 하고 있다고 가정했을 때, 바닥에 부딪힌 순간 공중으로 껑충 뛰면 자신은 공중에 있는 거니까 충격을 피해서 살 수 있지 않느냐는 질문이었다. 친구는 그 질문을 하고서 선생님한테 엄청 얻어맞았다.

그런데 그 친구는 그것만으로는 부족했는지 다음 시간에 또 과학 선생님에게 기차가 충돌을 하면 기차 안에서 공중으로 껑충 뛰면 살 수 있지 않느냐고 물어보았다가 복도 밖에서 물이 가득 찬 양동이를 들고 무릎을 꿇을 채 앉아 있어야 했다.

내가 어렸을 때는 무엇인가에 대해 궁금하여 조금 엉뚱한 질문을 하면 선생님이나 아버지는 얼굴을 찌푸리면서 귀찮다는 듯 쓸데없는 것에 신경 쓰지 말고, 하라는 공부나 열심히 하라고 말하곤 했다. 이제는 많이 달라졌겠지만, 아이가 무엇인가에 대해 궁금해하면 그에 대해 알기 위해 노력할 수 있도록 배려해주어서 아이의 창의성을 키워주는 프랑스의 교육이 참으로 부러운 순간이었다.

잘하고 싶었지만
엿 먹은 상황

I

내가 학교 다닐 때는 기분이 매우 나쁘다는 뜻의 감
탄사로 '젯zut!'이라는 표현을 썼고 '메르드merde'는 비
어에 가까웠는데 요즘 젊은 프랑스인은 거의 '메르드
(제기랄)'라는 말을 쓴다.

일상에서 프랑스인은 이 단어를 정말 많이 쓴다.
최신형 휴대폰을 거금을 주고 샀는데 그만 시멘트
바닥에 떨어뜨려 액정이 박살났을 때, 중요한 약속
이 있어서 늦지 않기 위해 지하철을 타려고 계단을
두세 개씩 뛰어서 플랫폼에 겨우 도착했는데 눈앞
에서 지하철 문이 닫히고 출발할 때, 갑자기 배가 너
무 아파서 화장실로 튀어 들어가 간신히 위기를 모
면했는데 휴지가 없을 때, 너무도 중요한 프레젠테
이션을 앞두고 컴퓨터로 밤샘 작업을 하고 이제 마

무리를 하려고 하는데 갑자기 정전이 되어서 컴퓨터가 꺼져버렸는데 백업을 해놓지 못했을 때…, 이렇듯 일상 생활에서 예기치 않은 상황으로 인해 '엿 먹은' 경우에 사용한다.

군 제대 후 복학을 하고서 공부를 한번 제대로 해보겠다는 굳은 마음이 아직 남아 있던 때였다. 기말고사를 보았는데 나름 최선을 다해 시험 공부를 했고(어차피 암기였으니까), 비교적 시험들을 잘 봤다고 생각하고 이번에 장학금이라는 것을 타볼 수 있겠구나 싶어 사알짝 기대를 하고 있었다.

그런데 성적이 발표되었을 때 다른 과목들은 예상한 대로 A+이 나왔지만 한 과목이 C+이 나온 것이 아닌가. 시험도 답안지 두 장을 가득 채워 나름대로 잘 본 과목이었기 때문에 나는 담당 과목의 교수 연구실을 찾아갔다.

연구실에는 조교가 있었고 성적 이의 신청 때문에 왔다고 하자 내 이름을 묻고 답안지를 찾았다. 답안지를 유심히 보던 조교는 씩 하고 웃었다. 나는 살짝 기분도 나쁘기도 하면서 뭔가 문제가 있는 것을 직감했다. 뭐가 문제여서 C+이 나왔는지, 혹시 내가 문제를 잘못 이해해서 답을 잘못 쓴 것인지를 물었다. 조교는 미소를 지으며 말했다.

"아니, 문제에 대한 답을 정확히 잘 썼어요."

나는 더욱 의아해서 그럼 왜 이 점수가 나온 것인지를 재차 물었다.

"문제에 대한 답을 잘 썼는데 문제 유형을 틀리게 썼어요."

나는 내 귀를 의심하면서 "예?"라고 반문했다.

그 당시 시험 문제 유형이 A와 B가 있었는데 조교가 칠판에 A 유형과 B 유형의 문제를 적어놓고 둘 중 하나를 골라 답을 쓰라고 했고, 나는 A 유형의 문제를 내 답안지에 적어놓고 그만 B 유형 문제의 답을 쓴 것이었다. 그러니까 B 유형의 답은 퍼펙트하게 썼는데 답안지에 A 유형 문제를 쓰고 B 유형의 답을 적은 것이었다. 내가 착각을 했다는 것은 알 수 있었지만 형평성의 문제 때문에 좋은 점수를 줄 수 없었고, 그렇다고 나쁜 점수를 주기도 그래서 C+을 줬다는 조교의 말에 나는 그만 고개를 숙이고 연구실을 나올 수밖에 없었다. 연구실을 나와서 내 입에서 어쩔 수 없이 터져 나온 일갈, "메르드(제기랄)".

그냥 다시 열라 쳐

Bon courage 봉 꾸하주

'용기를 내'라는 뜻.

I

나도 유학 초기에 친구로부터 "봉 꾸하주(용기를 내)"
라는 말을 들었을 때가 있었다. 한국에서 자라면서
운동 잘한다, 노래 잘한다 소리는 들었지만 공부 잘
한다는 소리는 단 한마디도 듣지 못했던 나는 프랑스
에 도착하는 날부터 내가 과연 낯선 외국 땅에서 박
사 학위를 마칠 수 있을지에 대한 공포감에 매일 시
달렸다.

더욱이 내가 대학원에 입학하면서 택했던 전공에
대해서는 전혀 알지 못했기 때문에 몹시 불안해했다.
거의 매일 두통약을 먹어가면서 공부하길 어언 1년
의 시간이 흘렀고 논문을 써야 할 시기가 되었다.

그 당시만 해도 컴퓨터가 완전 초창기 수준이던
시기였고, 프랑스에서는 컴퓨터를 거의 처음 접하

던 때였다. 그렇지 않아도 기계치였던 나는 어떻게 해야 하나 고민하던 차에 마침 같이 유학을 하고 있던 친구가 컴퓨터에 대해 잘 알고 있어서 그 친구의 도움을 받아 PC를 구입했다.

컴퓨터 작동법이 되게 복잡했지만 그 친구는 나에게 간단하게 "yes or no"만 잘 대답하면 된다고 했다. 누구 놀리나 싶은 생각이 들었지만 논문 제출 기간이 얼마 남지 않았기 때문에 나는 새로 산 PC로 작업을 시작했다.

그렇지 않아도 급한 성격이라 컴퓨터를 계속 켜놓은 채로 거의 2주 동안 방에 틀어박혀 컴퓨터 앞에 앉아서 밤낮으로 작업을 했다. 그리고 마침내 약 150페이지에 달하는 석사 논문의 원고 작업을 마치고 이제는 됐다는 안도의 한숨을 쉬며 저장을 눌렀는데 갑자기 화면에 영어로 뭐라고 뭐라고 하면서 "yes or no?"라고 물어보는 것이 아닌가. 평상시에 늘 부정적인 사고방식을 가지고 있던 나는 살짝 당황하며 우선 'no'라는 곳에 커서를 대고 눌렀다. 그러자 아뿔싸, 갑자기 화면이 꺼지면서 바탕화면이 나왔다.

내가 2주 동안 죽어라 작업했던 파일이 내 눈앞에서 마법처럼 사라졌고, 머릿속이 하얗게 된 나는 이것저것 눌러봤지만 사라진 파일은 다시 나타나지 않았다. 몹시 당황한 나는 컴퓨터를 살 때 도와준 친구에게 급하게 전화를 해서 자초지종을 설명했다. 그러자 그 친구는 매우 담담한 목소리로 말했다.

"아, 그거 저장할 건지 아닌지 묻는 거야. 내가 처음에 그랬지? 'yes or no'만 잘 대답하면 된다고."

제기랄, 아무튼 알겠고 그럼 파일을 어떻게 복구할 수 있는지를 물어봤지만 친구는 여전히 침착하고 차분한 목소리로 이렇게 말하고는 전화를 끊었다.

"못 살려. 그냥 처음부터 다시 열라 쳐. 봉 꾸하주(용기를 내)!"

망연자실한 채 멍하니 넋을 놓고 있던 나는 결국 울먹이면서 죽기 살기로 다시 2주 동안 컴퓨터 키보드를 부서질 정도로 두드린 덕에 간신히 석사 논문

을 마칠 수 있었다. 어휴, 지금도 그때 생각만 하면
등골이 오싹해진다.

두 번 다시
할 짓이 아니야

Bonne chance! 본느 셩쓰

'행운을 빈다'는 뜻.

I

상대방의 일이 잘되기를 바랄 때 "본느 성쓰(행운을 빈다)"라는 말과 함께 검지와 중지를 교차해서 보여준다. 인생의 운명을 결정할 중요한 순간을 앞에 둔 사람들이 꼭 듣고 싶은 말이다.

60년을 넘게 살아오면서 내 인생에서 가장 중요하고 용기를 내야 했던 것이 뭐냐고 묻는다면 당연히 프랑스에서 박사 학위를 받았던 것을 꼽을 수 있다.

프랑스 문학이나 어학 또는 공대 쪽으로 유학을 가는 학생들에게 있어서 마지막 단계는 바로 논문 발표다. 석사 과정을 들어갈 때 지도 교수를 정하고 주제를 결정하고 나면 대부분 같은 지도 교수 밑에서 박사 과정을 밟는 수가 많은데 이것은 아무래도 공부의 연장선상에서 볼 때 중간에 지도 교수가 바꿔는 경우 정말 난감한 상황에 처할 때가 많기 때문이다.

내가 아는 사람들 중 몇몇도 상황이 여의치 않아서 (지도 교수가 치매에 걸리거나 지도 교수와 의견 충돌로 인해) 중간에 지도 교수를 바꾸었는데 보통 박사 과정이 4~5년 걸리는 것을 9년 가까이 공부하는 것을 보았다. 일단 논문이 어느 정도 완성이 되면 지도 교수가 논문 발표를 하자고 하는데 그러면 지도 교수가 심사 위원들을 선정하고 논문 발표 날짜와 시간을 정하게 된다.

분야마다 조금씩 다르겠지만 일반적으로 박사 논문 발표는 지도 교수를 포함하여 4~5명의 교수가 심사를 하게 되는데 대략 2~3시간이 걸린다. 일단 날짜와 시간이 정해지고 나면 공고가 붙기 때문에 같이 수업을 들었던 사람들이나 지인들이 발표장에 참석한다. 심사 위원들이 앞쪽에 일렬로 앉으면 발표자가 그들을 바라보는 위치에 앉고 그 뒤로 참석자들이 앉는데, 지나가면서 발표자를 보면 작은 목소리로 "본느 셩쓰(행운을 빈다)"라고 말해준다.

발표자는 약 20분간에 걸쳐 자신의 논문에 대한 요약 내지는 연구 방향 등을 설명하게 된다. 발표가 끝나면 심사 위원들이 한 명씩 질문을 하는데 솔직히 이 순간 대부분 발표자들은 멘붕이 온다. 질문 방식이 그냥 "이거는 무슨 의미죠?"라고 직접적으로 물어보는 것이 아니라, 질문을 하게 되는 배경을 프랑스어로 쭉 설명한 후에 질문을 하기 때문에 가뜩이나 긴장한 상태에서 뭔 소리인지를 제대로 파악하기가 어렵다.

상황이 이렇기 때문에 심사 위원들의 날카로운 질문에 프랑스어로 제대로 대답하기란 쉽지 않다. 발표자가 당황하는 모습을 보이는 경우 가끔 지도 교수가 대신 커버를 해주는 경우가 있어서 지도 교수를 잘 만나야 하는 것이다.

발표가 끝나면 발표자를 포함한 참석자들이 모두 발표장 밖으로 나가고 심사 위원들끼리 모여 토의를 하게 된다. 그리고 30분 정도 지나고 나면 모든 사람을 발표장으로 들어오게 하고 심사 위원장이 일어나 논문에 대한 장점과 단점, 앞으로의 연구 방향 등에 대해 간략하게 언급을 하고 성적과 함께 학위를 받게 되었음을 통보한다.

진땀 나는 발표가 끝나고 나면 작은 음식을 마련한 장소에 모인다. 주로 간단한 빵 종류와 음료수를 준비하는데 한국 학생은 한국 음식을 준비하여 대접하는 경우도 종종 있었다. 이 자리에서 심사 위원들은 음식을 먹으면서 발표자에게 수고했다는 격려와 축하를 해준다.

내가 박사 학위를 받은 지가 벌써 23년이 지났는데도 그날을 생각하면 지금도 등에 땀이 날 정도로 아주 긴장했던 기억이 난다. 만약 지금 다시 유학을 가서 공부를 하겠냐고 묻는다면 대답은 바로 '아니오'다.

케바케,
경우에 따라 달라

Ça dépend 싸 데뻥

'경우에 따라 달라'라는 뜻.

I

프랑스에서 좀 살았다 싶은 사람들이 가장 많이 쓰는 표현 중 하나로 "싸 데뺑"은 우리말로는 "경우에 따라 다르다" 정도로 해석된다.

프랑스에서 정착해서 살거나 유학생으로서 일정 기간 생활할 때 경제적으로 큰 도움이 되는 것이 바로 프랑스 정부에서 지급해주는 '알로꺄씨옹 allocation'이다. 물론 이 지원 정책도 여러 가지로 세분화되기는 하지만, 가장 많이 혜택을 얻을 수 있는 것이 월세 보조를 받는 것과 아이가 있을 때 받는 가족 지원금이다.

처음 유학을 온 사람이 알로꺄씨옹을 얼마 받을 수 있느냐고 물어봤을 때 대답해주는 것이 바로 이 "싸 데뺑(경우에 따라 달라)"이다. 지원금 액수가 똑

같은 것이 아니라 지역에 따라 천차만별이기 때문이다. 예를 들어, 월세 지원금의 경우 적게 받는 곳은 월세의 50퍼센트 정도인 데 비해 많이 받는 곳은 70퍼센트까지 받는다.

그러니까 얼마를 받을지는 지원 서류를 어떻게 작성하는지에 따라 차이가 나기 때문에 직접 겪어보지 않으면 알 수 없다. 나는 처음 유학을 갔을 때 이런 지원금이 있는 줄 몰랐는데, 내가 살던 동네가 사회주의적 성격이 강해서 지원금을 더 받을 수 있어서 월세의 거의 70퍼센트를 지원받았다.

만일 우리나라에서 세금으로 유학생들에게 월세 지원금을 준다면 국민들이 가만 있지 않을 텐데, 모르긴 몰라도 나라가 뒤집어질 것이다. 어쨌든 프랑스에서 월세 지원금을 한 달만 받는다면 큰 도움이 되지는 않겠지만, 사는 내내 프랑스 정부로부터 지원을 받는다고 생각해보라.

프랑스가 인종 차별이 심하느니 어쩌느니 하지만 이런 제도 하나만 봐도 아직은 외국인이 살기에 썩

괜찮은 나라임에 틀림없다. 다만 안타까운 것은 프랑스도 돈이 부족해지다 보니 외국인에 대한 지원 정책도 줄어들고 극우파의 정치적 입지가 높아지고 있는 것이 걱정스럽기는 하다.

어쨌든 지금까지는 이 지원금을 계속 받을 수 있으며 심지어 교환 학생으로 1년 프랑스에 가서 기숙사 생활을 해도 월세 보조금을 받을 수 있다. 프랑스에서 어떤 것에 대해 알고 싶을 때 절대 상대방이 하는 말만 믿어서는 안 되는 것이 바로 "싸 데뺑", 즉 경우에 따라 얼마든지 다르기 때문이다.

건배에
이렇게 깊은 뜻이

À votre santé! 아 보트르 썽떼

'건배!'라는 뜻.

I

건배사는 '위하여'부터 매우 다양한데 사람들은 나를 처음 보고 말하는 방식이나 행동이 술을 아주 잘 마실 거라 생각하지만 천만의 만만의 콩떡이다.

나는 소주잔으로 반 잔만 마셔도 의식을 잃는 알콜과는 천적인 체질이다. 프랑스에서 공부를 마치고 대학 은사님 댁에 인사를 드리러 갔는데 그때가 12월 한겨울이었다. 은사님께서 소주를 따라주셔서 네 잔 정도 마시고 은사님 댁을 나섰다. 술을 못하지만 어려운 자리이니만큼 정신을 바짝 차려서 술을 마셨다. 정신을 바짝 차린 덕분인지 다행히 은사님 댁을 나설 때까지 정신이 멀쩡했다.

그리고 시간이 얼마나 지났을까, 갑자기 누군가가 나를 흔들어 깨우는 것이 아닌가. 간신히 눈을 뜨니 나는 차가운 길바닥에 양복을 입은 채 그대로 쓰러져 있었다. 길을 가던 한 아주머니가 그런 나를 보고 한겨울에 얼어 죽을까봐 걱정되어 깨운 것이다. 아주머니가 아니었다면 술 때문에 죽든, 추워서 얼어죽든 분명 죽었을 운명이었다. 그날 나를 외면하지 않고 깨워주신 아주머니께 감사하고 또 감사했다.

구사일생으로 무사히 집으로 돌아간 나는 술을 못하기는 하지만 이 정도인 줄은 몰라서 충격이 컸다. 무슨 문제가 있나 싶어서 다음 날 병원에 가서 검사를 받았다. 담당 의사는 일반인은 간에 알코올을 해독시키는 효소가 있지만 나는 거의 없어서 술을 마시면 죽는다고, 별거 아니라는 표정으로 이야기했다.

누구나 알다시피 프랑스는 포도주가 아주 유명한 나라로 건배를 할 때 포도주를 마시는 경우가 많다. 식사할 때 포도주를 굉장히 많이 마시는데 식사 종류에 따라 포도주가 달라진다. 예를 들어, 붉은 빛의

소고기를 먹을 때는 붉은색의 레드 와인을, 살이 하얀 닭고기나 생선을 먹을 때는 화이트 와인을 즐겨 마신다.

프랑스 영화를 보면 지평선으로 펼쳐진 포도밭을 볼 수 있는데 보기에는 참 아름다운 광경이지만 포도 수확을 하는 사람들에게는 고역이 아닐 수 없다. 포도나무가 생각보다 크지 않기 때문에 포도 송이를 따려면 허리를 굽힌 채 일해야 하기 때문이다. 나처럼 160센티미터 정도 되는 사람은 그나마 허리를 덜 숙여도 된다. 세상에 키 작아서 이익인 경우는 나도 처음이다.

어떤 장애물도
넘어갈 수 있게

C'est la vie 쎌 라 비

'그게 인생이야'라는 뜻.

I

무슨 일을 할 때마다 잘되지 않을 때, 누군가가 슬픈 일을 당했을 때, 내가 의도한 대로 일이 진행되지 않을 때, 전혀 알 수 없이 상황이 흘러갈 때, 허무함을 느낄 때 '쎌 라 비', 즉 '그게 인생이야'라고 느낀다.

프랑스에서는 지하철을 탈 때 표를 끊지 않고 개표구를 넘어가는 이들을 가끔 볼 수 있다. 하루는 학교 수업에 늦어서 급하게 서두르는데 표를 끊으면 시간이 안 될 것 같아서 평소 봐왔던 대로 나도 개표구를 넘어서 급하게 지하철을 탔다.

프랑스 지하철은 표 검사를 개표구 앞에서 하지 않고 지하철 안에서 한다. 지하철이 달리는 동안 직원들이 검사를 하기 때문에 걸리면 빼도 박도 못한다. 나는 5년이 넘도록 단 한 번도 무임 승차를 한 적이 없는데 그날 딱 한 번 너무 급해서 했건만 재수 없게 걸리고 만 것이다.

다른 놈들은 무슨 습관처럼 표를 끊지 않고 다녀도 잡히지를 않던데 왜 하필 그날 내가 잡힌단 말인가. 조금 억울하고 씁쓸하지만 그게 바로 '쎌 라 비(그게 인생이야)'다.

그런데 가끔은 어쩌구니 없는 일이 도움이 될 때도 있다. 프랑스 대통령이었던 자크 시라크가 파리 시장이었을 당시 지하철 개표구 위를 넘어가는 사건이 있었다. 평생 지하철을 타본 적 없던 그는 표를 가지고 있었지만 개표구에서 어떻게 해야 하는지 알지 못했다. 그는 결국 개표구 위를 뛰어넘었고, 이때 찍힌 사진은 대통령 선거 때 '어떤 장애물도 넘어간다'는 선거 광고에 활용되었다.

그런가 하면 인생은 정말 아무도 알 수 없는 것이 프랑스에서 알게 된 한국인 친구 한 명은 수영 강사로 일했는데 다른 지인으로부터 그가 익사 사고로 사망했다는 충격적인 소식을 듣게 되었다. 사연인

즉 그 친구가 1미터 50센티미터밖에 되지 않는 깊이
의 수영장에서 물에 빠져 사고가 났다는 것이다. 실
내 수영장이고 수영을 잘했기 때문에 아마도 준비
운동 부족으로 다리에 마비가 와서 사망에 이른 것
으로 추정된다고 했다.

셀 라 비, 인생은 그런 거라고 하지만 운명이란 무
엇인지 나는 여전히 잘 모른 채 살고 있다.

적당히 좀
하라구, 짜샤

C'est trop cher 쎄 트로 쉐흐

'그것은 너무 비싸'라는 뜻.

프랑스를 여행할 때 비싸다고 느끼는 대표적인 것이 바로 교통과 숙소다. 2021년 기준 프랑스에는 29,000여 개의 관광 숙소가 있다고 하는데 호텔이 17,000여 개로 조사되었다. 프랑스에 있는 호텔들은 별 1개부터 5개까지 등급이 매겨져 있으며, 등급은 객실 수와는 상관이 없고 숙박을 하는 데 있어서의 편리함, 서비스의 질, 환경 보호, 장애가 있는 손님이 숙박할 수 있는지 등의 기준으로 평가하며 등급 평가는 5년마다 이루어진다.

프랑스에 있는 호텔들 중에는 비싼 호텔도 꽤 있는데 파리 리쯔 호텔은 코코 샤넬, 어니스트 헤밍웨이, 찰리 채플린이 자주 이용했던 곳으로 유명하다. 트레무왈르 호텔 역시 럭셔리한 호텔 중 하나다.

사실 프랑스를 개인적으로 여행할 때 이런 비싼 호텔에 묵는 것은 보통 사람들에게는 거의 불가능한 일이다. 그 대신 최대한 저렴하고 교통이 편리한 호텔들을 찾게 되는데 이때 가장 유용한 곳으로 내가 추천하는 호텔은 바로 'F1'이다.

F1은 1985년에 처음 생긴 프랑스 호텔 체인으로, 프랑스에 약 172개 정도의 지점이 있다. 쉽게 생각하면 우리나라의 무인 모텔과 비슷한 곳으로, 비용을 아끼기 위해 무인 객실로 운영하고 있다. 10분이면 객실 준비가 완료되고, 열쇠 대신 비밀 번호로 출입을 한다. 파리 시내는 물론 외곽 지역에서도 10만 원 이내의 저렴한 가격으로 묵을 수 있다.

한편 프랑스어로 숫자를 세는 것은 초보자들에게는 결코 쉽지 않은 문제다. 그래서 숫자 세기는 시험 문제로도 자주 나온다. 프랑스어 능력 자격 시험(델프)에서 구술 영역 중에는 감독관과 응시자가 특정 상황을 바탕으로 하는 대화를 하는 역할 분담 학습이 있으며, 이때 자주 등장하는 것이 '물건을 사고파는 경우'다.

이 시험을 준비하는 학생들이 숫자를 외우는 것에 부담을 느끼면 나는 최후의 수단으로 "얼마에요?"라고 물어보고 감독관이 프랑스어로 얼마라고 말하면 무조건 "쎄 트로 쉐흐(그것은 너무 비싸요)"라고 말하라고 가르쳐준다. 거기에 "학생 할인은 안 되나요?"라는 문장까지 덧붙여 통으로 외우도록 한다. 이렇게 되면 숫자를 모르더라도 대화는 아주 자연스럽게 흘러갈 수 있기 때문이다.

언젠가 한 1학년 남학생 녀석이 이 시험을 보게 되었다. 상황은 친구가 생일을 맞이하여 친구에게 선물할 책을 서점에서 구입하는 것이었고, 처음에 대화는 아주 부드럽게 외운 대로 하고 있었다. 그런데 가격을 묻는 부분에서 감독관이 말하길 책값이 우리 돈으로 1,500원이라는 것이다. 그런데 그 학생은 글쎄 거기다 대고 인상을 찌푸리면서 "쎄 트로 쉐흐(그것은 너무 비싸요)"라고 말하고는 배운 대로

"학생 할인은 안 되나요?"라고 묻는 것이 아닌가.

감독관은 그전까지 대화가 아주 잘 진행되어 만족하고 있었고 이제 구술 시험을 끝내려고 했던 순간이었는데 응시자가 죽자고 덤비는 꼴이 되었던 것이다. 다행히 감독관이 성격이 좋아서 학생 할인을 해주겠다고 말하며 대화는 마무리되었고, 그 녀석은 시험에 통과할 수 있었다.

60세 넘으면서 느낀 것 중 하나가 사람이 살아가면서 제일 중요한 것이 바로 '융통성'이라는 것이다. 변화무쌍한 이 세상을 헤쳐나가는 것에 있어 상황에 맞추어 적절하게 대응하는 능력이 필요한데, 이 녀석이 과연 이 험난한 세상을 요령 있게 살아갈 수 있을지 심히 걱정된다.

내 인생 나도 몰라

On verra 옹 베라

'두고 보면 알겠지'라는 뜻.

고등학교 때 문과와 이과로 나누어 축구 시합을 한 적이 있었다. 나를 비롯해 문과 놈들은 거의 다 국민학교(지금의 초등학교), 중학교 때 축구 선수 출신들로 구성되어 있었고 이과 놈들 중에 선수 출신은 거의 없었다. 누가 봐도 문과가 이기는 게임이었다. 그런데 이과 놈들이 '두고 보면 알겠지'라는 표정으로 실실 쪼개면서 여유를 부리는 것이다.

그러거나 말거나 전반전은 예상대로 2대 0으로 문과가 이겼다. 후반전이 시작되고 경기 종료까지 15분이 남았을 때만 해도 문제는 없었다. 그런데 갑자기 문과 놈들이 하나둘 다리를 잡고 쓰러지기 시작하는 것이 아닌가.

이유는 다름 아니라 평소에 운동을 안 하던 녀석

들이 무리해서 뛰는 바람에 근육이 놀라서 다리에 쥐가 났기 때문이었다. 결국 시합 종료 5분을 남겨놓고 나와 골기퍼를 제외한 9명이 다리를 잡고 절뚝거리거나 운동장에 쓰러지는 진풍경이 벌어졌다.

이과 놈들은 "이때다!" 하면서 중공군의 인해 전술처럼 몰려와서는 5분 만에 세 골을 넣고 시합을 승리로 이끌었다. 종료 휘슬이 불린 뒤 나도 다리에 쥐가 나서 운동장에 나자빠졌다. 나름 선수 출신들이었는데 자존심에 상처가 난 사건이 아닐 수 없다. 억울했지만 누가 이기는지는 끝까지 두고봐야 아는 것이다.

아무리 경험과 실력이 있어도 너무 급하게 하다 보면 일을 망치기 쉽다. 한국 사람들은 특히 성질이 급하기로는 세계에서 1~2등을 다투지 않을까 싶다. 나도 성질 급한 것으로 따지면 누구에게 지지 않는데 어린 시절 학교에서 집으로 돌아오면 신발을 신은 채 등에 맨 가방에서 공책을 꺼내 마루에서 숙제

를 다 끝낸 후에야 신발을 벗고 마루에 올라섰다고
한다. (나는 전혀 기억이 나지 않는데 어머니 말씀이
그랬다고 하니 100퍼센트 사실일 것이다.)

성질 급한 것은 지금도 전혀 고쳐지지 않았고 해
야 할 일이 있는데 끝내지 않으면 심신이 매우 불안
해져서 반드시 끝낸 후에야 마음이 편해지곤 한다.
불행 중 다행으로 평생 회사원으로 살지 않은 덕분
에 사람들과 치열하게 부딪치지 않고 그저 강의와
원고 집필에 몰두하며 살고 있다.

세상 일 정말 아무도 모른다. 아무 것도 확신할
수 없고 확신해서도 안 된다.

아우토반
1차선에서

Allez, fonce! 알레, 퐁쓰

'포기하지말고 끝가지 가!'라는 뜻.

프랑스는 해가 내리쬐는 일조량이 상당히 부족해서 해가 쨍하고 나는 날이 드물다. 그러다 보니 날씨가 좋은 날은 사람들이 일단 들뜨기 시작하는데 이러한 현상은 운전할 때 아주 두드러지게 나타난다.

도로에서 신호등 앞에 섰는데 옆에 승용차가 선다. 양 운전자는 서로를 쳐다보고 씩 한번 웃어주고 액셀을 붕붕 하며 출발할 준비를 한다. 그러다가 신호등이 바뀌면 바로 액셀을 있는 대로 밟아서 튀어 나간다. 지금은 모르겠지만 예전에는 프랑스에서 자동 기어가 있는 차보다 수동 기어가 있는 차를 훨씬 선호했다.

프랑스 친구에게 자동 기어가 수동 기어보다 편하지 않느냐고 물어봤더니 그놈 하는 말이 자동 기어는 액셀을 밟는 대로 속도가 올라가는 것이 아니라, 차가 알아서 기어를 변속하기 때문에 마음에 들지 않는다고 했다. (내 생각에는 아마 십중팔구 자동기어가 가격이 더 비싸서인 것 같은데 말이다.)

나도 프랑스에서 중고차를 몰았는데 돈이 많아서 차를 산 것은 아니다. 아내와 함께 있었기 때문에 이동이나 생활을 할 때 차가 있어야 했다.

어쨌든 이 차로 한국에서 같은 대학을 다녔던 동기 5명과 함께 스위스와 독일로 놀러 간 적이 있었다. 말로만 듣던 무제한 속도로 달릴 수 있는 아우토반에 들어섰는데 내 친구 녀석들은 나에게 "퐁쓰(밟아)!"라고 소리쳤다. 내 차의 계기판에 적힌 최고 숫자는 160킬로미터였는데 140킬로미터가 되니까 왠지 바퀴가 공중에 떠가는 기분이 들었다.

문제는 뭣도 모르고 아우토반에서 1차선으로 달리고 있었다는 사실이다. 내 뒤에서 오던 차들은 내차에 상향등을 막 발사하면서 차선을 바꿔 내 옆을 지나가며 손가락으로 욕을 해댔다. 나는 "저 놈들이!" 하며 쫓아가 욕을 하고 싶었지만 그들은 몇 초 만에 내 시야에서 사라지고 없었다. 친구들과 함께 여행을 가서 아우토반을 달리는 기분에 있는 대로 액셀을 밟아보았지만 내 차를 과대평가한 것이다.

내가 중학생이었을 때, 수업이 끝나고 집에 가기 위해 버스를 타려다가 한참을 뛰어간 적이 있었다. 여학생들과 친구 놈들의 응원을 가장한 놀림에 넘어가 달린 것인데 결국 그날 나는 집에 가서 뻗고 말았다. 그때 버스 안에 있던 놈들은 지금도 연락도 안 하고 보지도 않는다.

무식하니까
편한 것도 있네

Tu dis n'importe quoi 뛰 디 넹뽀르뜨 꾸와

'말이라고 막 하는구나'라는 뜻.

I

담배를 피우고 꽁초를 버리려고 휴지통을 찾고 있었
는데 옆에 있던 프랑스 친구 놈이 내게 뭐하느냐고
물었다. 휴지통을 찾는다고 하니까 그냥 길에다 꽁초
를 버리라는 것이 아닌가. 비록 길에서 담배를 피우
기는 했지만 최소한의 양심은 있던 나는 그러면 길이
더러워지지 않느냐고 말했다. 그러자 녀석이 마치 내
말을 기다렸다는 듯 눈을 반짝이며 이빨을 까기 시작
했다. 그 친구 이야기는 이렇다.

'자, 모든 사람이 담배 꽁초나 휴지를 쓰레기통에
버린다고 가정해보자. 그럼 길거리는 매우 깨끗하
고 청결해지겠지. 자, 길거리는 누가 청소하지? 바로
환경 미화원분들이야. 그리고 그분들은 시청에서
우리 세금으로 월급을 준다 이거지. 그런데 길이 깨

끗해지면 시청에서는 환경 미화원의 수를 줄이려고 할 거야. 왜? 길이 깨끗한데 굳이 이들에게 월급을 지급하면서 많은 수를 유지할 필요가 없다고 생각하기 때문이지. 그렇게 되면 그분들은 일자리를 잃게 된다, 이거지.

그럼 우리가 어떻게 해야 되냐? 길에 적당히 쓰레기를 버림으로써 환경 미화원들이 절대적으로 필요하다는 당위성을 시청 공무원이 깨닫게 해주어야 한다는 거야. 결론적으로, 길에 꽁초를 버리는 행동은 환경 미화원의 고용에 이바지한다, 이거다.'

처음에 이 말을 듣고 이게 말이야 방구야, 그걸 말이라고 하냐라고 했는데 사실 그렇다고 딱히 반박할 말도 떠오르지 않았다.

나는 프랑스어를 잘 못했을 때 뜻도 모르고 정말 아무 말이나 막 해서 부끄러운 적이 있었다. 내 대학 동창 녀석이 프랑스 여자 친구와 우리 집에 와서 저녁을 먹은 적이 있었다. 녀석이나 나나 프랑스어를 못하기는 마찬가지였지만 레포트나 논문을 쓰면 원어민의 교정을 필수적으로 받아야 하는데 나는 피같은 돈을 줘야 하지만, 녀석은 여친에게 무료로 받을 수 있다는 점이 너무 부러웠다.

프랑스어를 잘하는 그 여자 친구에게 "너는 프랑스어를 잘해서 참 좋겠다"라는 의미로 "네가 부러워"라는 말을 하고 싶었는데 실수로 "너를 원해"라고 말한 것이다. 그 말을 들은 녀석의 여친 얼굴 표정이 매우 당황스럽고 황당하다는 듯 일그러졌는데, 나는 그때까지만 해도 왜 그런지 몰랐고 나중에 그 이유를 알게 되었다.

남자 친구가 옆에 버젓이 눈을 시퍼렇게 뜨고 있는데 면전에 대고 여자 친구에게 너를 원한다고 했으니 얼마나 황당했을까. 나중에 그 친구 말이 한동안 내가 이상한 놈이라고 생각해서 가까이 하지 말아야겠다고 다짐했다고 한다.

외국에서 살 때 그 나라를 가장 잘 아는 사람은 거

기서 오래 산 사람이 아니라 2~3년 정도 산 사람이라는 말이 있다. 즉, 오래 살면 살수록 점점 더 알 수가 없어지는 것이 외국 생활인데 2~3년 산 사람은 자신들이 그 나라에 대해 겪은 것이 전부라고 믿는 경향이 있기 때문이다.

실제로 한국에서 온 지인 일행과 차를 타고 파리 시내를 구경시켜준 일이 있었는데 일행 중 한 사람이 파리에서 1년 정도 살았던 경험이 있었다. 그는 창밖으로 보이는 유적지나 기념물에 대해 자신 있게 설명을 했지만 내가 듣기에는 90퍼센트는 거짓이거나 잘못 알고 있는 것이었다. 그렇다고 내가 거기서 "저기요, 그거 틀렸거든요"라고 말하면 싸우자는 것밖에 안 되고 어차피 다시 만날 사이도 아니어서 아무렴 어떠랴 하고 가만 있었다.

나도 내가 그저 그래

Couci-couça 꾸씨 꾸싸

'그저 그래'라는 뜻.

I

대학교 같은 과의 한 녀석은 시험이 끝난 뒤 시험 잘 봤느냐고 물어보면 항상 대답이 "그저 그래"였다. 그런 녀석이 시험 결과를 보면 늘 장학금을 탔는데, 도대체 언제 공부를 하는 것인지 알 수가 없었다. 시험 때가 되어서 큰 마음을 먹고 공부 좀 하려고 도서관에 자리를 잡고 있으면 녀석은 황금박쥐처럼 짠 하고 나타나서는 "우리가 언제부터 공부했냐? 나가서 술이나 마시자"라며 친구들을 반 강제로 끌고 나가서 대낮부터 밤까지 술을 마시도록 선동하던 놈이었기 때문에 더더욱 이해가 되지 않았다.

대학을 졸업하고 40년이 흐른 어느 날 동창회에 나갔을 때 그 녀석을 다시 만났다. 우리는 대학 시절의 이런 저런 이야기들을 나누었고, 그 녀석에게 어떻게 그렇게 놀면서 장학금을 받을 수 있었는지 물어보았다. 마침내 녀석의 비밀은 40년 만에 풀렸는데 알고 보니 그놈은 우리를 술집으로 끌고가 일단 공부를 하지 못하게 만들고 나서 새벽에 집에 들어가 술에 만취한 상태에서도 시험 공부를 했다는 것이었다.

그 순간 우리는 극도의 배신감을 느꼈지만 어쩌겠는가, 이미 40년 전 이야기이고 오늘 술값은 자기가 내겠다는데.

실제로는 상황이 좋지만 그런 기색을 주변에 내비치지 않는 것을 가리켜 우리나라에서는 오래전부터 '겸손'이라 여겨왔다. 그래서 자신이 노력하고 잘한 덕분에도 그런 뉘앙스를 풍기기보다 사회적 분위기를 고려해 '그저 그런 평범한 상태'라고 말하는 경우가 많다.

그런데 사람이 간사한 동물이다 보니 때로는 그런 겸손한 모습이 약간 가증스러워 보이기도 한다.

솔직히 말해서 어떤 때는 너무 겸손을 떠는 것이 잘 난 척하는 것보다 더 꼴 보기 싫다. 좀 꼬아서 말하자면 시상식에서 수상자가 "변변치 못한 저에게 이렇게 큰 상을 주셔서 감사합니다"라고 말하면, 아니, 그럼 다른 사람들은 변변치 못한 놈보다 더 변변치 못해서 상을 받지 못했다는 건가 싶다.

내가 우연히 '침착맨'이라는 유튜브 방송에 출연한 후 조회수가 많이 나오면서 그동안 연락이 끊겼던 사람들로부터 안부 문자가 오고, 제자들은 "선생님, 스타 되신 기분이 어때요?"라고 물어봐도 속으로는 '아싸, 내 인생에 처음이자 마지막 기회다. 이걸 이용해서 무조건 성공해야지!'라고 부푼 희망을 잔뜩 품고 있으면서도 겉으로는 "뭘, 그 정도 가지고"라고 말하며 너스레를 떠는 나 자신이 참 그저 그렇다.

목숨 걸고 농담하기

Je te plaisante 주 뜨 쁠레정뜨

'너에게 농담한 거야'라는 뜻.

I

혹시 프랑스 녀석이 당신에게 "주 뜨 쁠레정뜨"라고 말한다면 그놈이 당신을 놀렸다는 의미다. 그러나 농담도 정도껏 해야지 연못에 돌 던진 사람은 장난이었지만 연못에 살고 있는 개구리한테는 생사가 오가는 문제가 될 수도 있다.

프랑스에도 우리나라의 만우절에 해당하는 '뿌와쏭 다브릴poisson d'avril, 4월의 생선'이 있다. 꼬마부터 어른까지 거짓말을 해도 용서가 되는 그런 특별한 날이다. 만우절의 유래와 관련해서는 여러 가지 썰이 있는데 프랑스에서 유래된 가설은 샤를 9세 시대의 이야기다.

1564년까지 사람들은 4월 1일을 새해로 규정하고 있었지만, 샤를 9세가 4월 1일에서 1월 1일로 새

155

해를 바꾸었다고 한다. 그러나 이 소식을 접하지 못한 사람들은 여전히 4월 1일에 축제를 벌였고, 이들을 가리켜 '4월의 물고기'라고 불렀다. 지금도 어린아이들이 등교를 할 때 친구가 앞에 걸어가고 있으면 종이로 만든 물고기를 친구 등에 살짝 붙이곤 한다.

한번은 학교에 갔는데 대학원 지도 교수님께서 갑자기 휴강을 하셨다. 웬만해선 그런 적이 없으셔서 약간 의아해하고 있었는데 옆에 있던 친구 녀석이 갑자기 심각한 표정을 지으며 "야, 너 그 소식 못 들었어? 교수님 암에 걸리셔서 장기간 치료하셔야 된대"라고 말하는 것이 아닌가.

그 얘기를 들은 순간 머릿속에 별의별 생각이 다 들었다. 교수님의 건강도 걱정이지만 현실적으로 유학생들에게는 정말 최악의 상황이 된 것이기 때문에 나는 완전 멘붕에 빠졌다.

그랬더니 이 녀석이 갑자기 나를 툭 치면서 "주뜨 쁠레정뜨(농담한 거야)~"라고 해맑게 말하는 것이 아닌가. 이런 호랑말코 같은 자식이. 나는 지옥을 다녀온 기분이 들었는데 나이도 나보다 다섯 살이나 어린 놈이 한국이었으면 생매장을 시켰을 텐데.

세상을 살다 보면 사람과 사람 사이에는 보이지 않는 '선'이 있다는 사실을 알게 되는 순간이 있다. 아무리 농담이라 할지라도 아킬레스건처럼 치명적인 약점이나 감추고 싶은 치부를 가지고 농을 해서는 절대 안 된다.

그날 내가
물에 빠뜨린 건

C'est quoi ça? 쎄 꾸와 싸?

'저게 뭐지?'라는 뜻.

I

스물여섯까지 한국에 살면서 수영장에 가본 횟수는
딱 한 번이었다. 1994년 프랑스에서 텔레비전으로
한국의 성수대교 붕괴 사고를 접한 나는 충격도 컸지
만 생존을 위해 수영을 배워야겠다는 생각을 하게 되
었다.

프랑스에는 동네마다 수영장이 꽤 많았다. 수영
장도 보통 길이가 50미터로 크고 제일 깊은 곳은
4미터로 다이빙도 할 수 있었다. 하지만 수영 강습
을 받으려면 돈이 들었으므로 나는 아이들이 수영을
배울 때 옆에서 강사의 설명을 귀동냥을 했다가 따
로 연습하기를 반복했다. 그 결과 자유형과 평형(개
구리 헤엄), 배형을 배울 수 있었다.

문제는 배형을 할 때마다 코로 물이 들어가는 것

이었다. 코로 물이 들어가는 것을 막기 위해 싱크로나이즈 선수들이 쓰는 코마개를 하나 사서 5년 정도 사용을 했다.

그러던 어느 날, 수영을 하다가 차고 있던 코마개가 너무 오래된 까닭에 철사가 느슨해지면서 코에서 미끄러져 바닥에 빠지고 말았다. 그런데 물속은 깊이가 4미터나 되어서 맨몸으로 내려가려면 부력 때문에 상당히 힘들기도 하고, 무엇보다 공포감이 정말 장난 아니었다. 내려갔다 허우적거리며 올라오고 다시 내려갔다 올라오기를 반복하다가 결국 포기하고 말았다.

500원에 5년을 썼으면 본전은 뽑았다는 생각으로 수영장에서 나와서 집에 가려는데 누군가 갑자기 "무쓔monsieur, 남자의 존칭" 하고 부르는 것이었다. 뒤를 돌아보니 키가 190센티미터 정도 되는 젊은이가 나를 보며 손바닥을 펼쳐보였다. 그리고 그의 손에는 다름 아닌 내가 아까 물속에 빠뜨린 코마개가 놓여 있었다.

그는 우리 동네 수영 선수였다. 수영장에서 스탠드에 앉아 있던 녀석을 종종 보기는 했는데 이 녀석이 버터플라이 접영을 하는 것을 보고 깜짝 놀란 적이 있었다. 물 밖으로 몸이 거의 배꼽까지 올라오는데 진짜 돌고래와 다름없었다. 그리고 이놈은 몸을 풀기 위해 물속에서 잠수를 하면 25미터 정도까지 나아가다가 물 밖으로 한 번 나와 고래처럼 푸 하고 숨을 쉰 뒤, 다시 잠수를 해서 25미터를 더 가는 그야말로 고래나 상어 같은 놈이었다.

녀석이 조금 전에도 스탠드에 앉아 있는 걸 봤는데 수영장 끝에 왠 난쟁이 똥자루만 한 놈이 물속에서 계속 들어갔다 나왔다 하니까 거기에 무엇이 있기에 저러는지 신기했다는 것이다. 녀석은 고래처럼 가볍게 잠수를 해서 4미터 깊이 바닥까지 내려갔고 뭔가 바닥에 떨어져 있는 걸 보고서는 '쎄 꾸와 싸(저게 뭐지)?'라고 생각하며 내 코마개를 주워왔다는 것이다.

자존심이 몹시 상한 나는 그에게 "코마개가 오래

돼서 그냥 버린 것이다"라고 말했다. 그런데 갑자기 녀석이 심각한 표정으로 나를 한참 내려다보더니 나를 꾸짖었다. (사실 이게 더 기분 나빴다.)

"수영장에 이런 거 버리면 안 돼!"

물론 일부러 버린 건 아니지만 잃어버린 내 물건을 찾았는데도 기분은 어찌나 우라지게 더럽던지.

믿는 네 놈한테
발등 찍히기

Je compte sur toi 주 꽁프 쒸흐 뚜와

'너만 믿어'라는 말.

세상을 살면서 내 목숨까지 맡길 정도로 신뢰를 주는 친구 몇 명만 있어도 인생에서 성공했다는 소리가 있을 정도로 누군가를 믿는다는 것이 요즘 세상에는 더더욱 어려운 것 같다. 믿을 놈을 믿어야지 하는 자괴감이 들 때도 있다.

내가 대학교 1학년일 때는, 1979년 박정희 대통령이 암살을 당한 뒤 전두환이 정권을 잡은 1980년이었다. 나라가 어지러웠고 대학도 강제 휴교령으로 인해 6개월 동안 군인들이 학교를 지키고 있었을 만큼 혼잡한 세상이었다. 비싼 등록금만 내고 학교를 몇 개월 동안 다니지 못하다가 드디어 개학이 되었고 우리는 과 대표를 뽑았다. 그 시절, 과 대표는 거의 남자가 했는데 뽑는 방법은 의외로 아주 간단했다. 자리를 비우고 화장실에 간 놈이 과 대표가 되는 것이다.

그렇게 한 녀석이 과 대표가 되었는데 잘생긴 외모 덕분에 여학생들에게 인기가 꽤 높았다. 그런데 녀석에게는 치명적인 단점이 있었으니 바로 깜빡깜빡하는 건망증이었다. 화장실에서 소변을 보고 강의실로 들어온 녀석의 바지 앞부분은 늘 열려 있곤 했다. 뭐, 다 지 개인적인 문제려니 생각했는데 결국 사단이 나고야 말았다.

대성리로 다 같이 MT를 가는 날, 우리는 청량리 기차역으로 모였고 녀석은 기차 시간이 거의 다 되었을 때에야 나타났다. 모여 있던 친구들의 비난을 한몸에 받은 녀석은 얼굴에 철판을 깔은 듯 손을 한 번 들어 보이고는 이내 예매해둔 표를 나눠주겠다며 화제를 돌렸다. 그런데 순간 녀석의 얼굴이 하얗게 사색이 되는 것이 아닌가.

갑자기 싸한 기분이 우리 주변을 감쌌고 모두 불안한 얼굴로 녀석을 보며 물었다.

"너 설마 집에다 표 두고 온 건 아니지?"

설마가 사람 잡는다고 했던가. 녀석은 시체처럼 하얗게 질린 표정으로 고개를 위아래로 끄덕거렸다.

'아, 믿을 놈을 믿었어야 했는데.'

녀석을 믿지 못했던 부 대표는 자신이 직접 표를 예매해서 갖고 있겠다고 했었다. 그때는 인터넷이 없어서 기차역에 가서 직접 표를 끊었던 시절이다. 그런데 녀석이 이번에는 자신의 오명을 씻겠다며 50장의 표를 집으로 가져갔던 것이다.

우리는 모두 패닉 상태에 빠졌고 어떻게 해야 할지 난감해할 때 역시 믿을 것은 어머니밖에 없던가. 녀석의 어머니가 손에 기차표를 들고 헐레벌떡 뛰어오시는 것이었다. 우리처럼 녀석을 믿을 수 없던 어머니는 아들이 집을 나서자마자 뭐 빼먹은 것이 없는지 매의 눈으로 스캔을 하셨고, 아니나 다를까 책상 위에 있던 표 뭉텅이를 발견하시고는 택시를 타고 부랴부랴 역으로 오신 것이었다. 어머님의 빠른

대처로 우리는 무사히 MT를 갈 수 있었고 40년이
더 지난 지금도 이 이야기는 동창회 모임이면 빠지
지 않는 술 안주가 되고 있다.

내가 살아가는 이유,
엄니

I

올해 96세이신 어머니께서 다리 힘이 빠지실까봐 내가 시간 나는 대로 모시고 산책을 가는데 공원에 앉아 쉬실 때 나에게 해주셨던 이야기다.

옛날에 엄청나게 돈이 많은 부자가 살고 있었는데 하루는 허름한 옷차림을 한 사내가 그를 찾아와 어떻게 하면 돈을 그렇게 많이 벌 수 있는지를 물었다. 그러자 그 부자는 자기를 따라오라고 하더니 어느 절벽으로 데려갔다. 절벽 끝에는 나무 한 그루가 있었고 그 밑은 천 길 낭떠러지였다. 부자는 사내에게 낭떠러지 쪽으로 뻗어 있는 나뭇가지에 매달리라고 했다.

사내는 겁이 났지만 엉금엉금 기어 간신히 나뭇가지에 매달렸는데 갑자기 부자가 아무 말 없이 발

길을 돌려 가는 것이 아닌가. 사내는 다급하여 어떻게 해야 할지를 물었고 부자는 이렇게 말했다.

"자네는 떨어지면 죽을까봐 나뭇가지를 죽을힘을 다해 잡고 있지 않은가. 돈도 마찬가지일세. 돈이 들어오면 나뭇가지처럼 절대 놓지 말고 꽉 쥐게. 그게 바로 부자가 되는 방법이니까."

무언가를 해내려고 할 때도 마찬가지다. 특히 외국에서 유학하는 학생들은 학위를 취득할 목적으로 오랫동안 공부를 한다. 결코 적지 않은 기간이기 때문에 과연 학위를 잘 마칠 수 있을까 하는 불안감이 매 순간 엄습해온다.

지인이 한국에서 생명과학 분야를 전공하고 프랑스로 유학을 왔었다. 프랑스어를 잘 못하다 보니 말이 잘 통하지 않아서 공부도 생활도 몹시 힘들어했다. 다른 프랑스 친구들도 자신을 은근히 따돌리는 것 같아서 그냥 때려치우고 한국으로 돌아갈까 하는 생각도 많이 했다고 한다. 그때마다 부모님 얼굴도 떠오르고 사내놈이 한 번 칼을 뽑았으면 무라도 썰어야지라는 심정으로 악착같이 해보자고 마음을 먹었다고.

그러던 어느 날, 연구실에서 학생들이 컴퓨터 앞에 모여 웅성웅성대고 있기에 보니 컴퓨터가 작동을 하지 않고 있는데 우리나라 학생들 같으면 아주 간단하게 풀 수 있는 문제여서 바로 해결을 해줬다고 한다. 그러자 그때까지 식사도 같이 안 하던 놈들이 갑자기 자신을 치켜세워주면서 친한 척을 하기 시작했더란다. 그 일이 있고 난 뒤 그는 공대에서 컴퓨터 박사로 통했고, 교수가 진행하는 프로젝트에도 참가하여 연구도 하고 돈도 벌면서 무사히 박사 학위까지 취득했다고 한다.

어머님의 말씀처럼 절벽 끝에서 나뭇가지 하나라도 꽉 붙잡는 심정으로 뭐라도 간절히 하다 보면 잘될 수 있으리라 믿고 싶다.

진짜 차린 게
별거 없네요

Vide ton sac! 비드 똥 싹

'솔직하게 다 말해봐, 속 시원하게 다 털어놔봐'라는 뜻.

I

본의 아니게 또는 의도적으로 무엇인가를 숨기기 위해서 솔직하지 못한 행동을 하게 되는 경우가 있다. 예를 들어, 친구네 돌잔치에 초대를 받아 갔는데 안주인이 "차린 건 별로 없지만 많이 드세요"라고 말한다고 해서 "진짜 차린 게 별거 없네요"라고 대답한다면 다시는 그 친구를 만나지 못할 것이다.

어디 이뿐이랴. 회사 회식 자리에서 술이 어느 정도 취한 상사가 직원들에게 "나에 대해서 어떻게 생각들 하나? 괜찮으니까 솔직하게 말해봐"라고 하면, 고참들은 함정임을 눈치채고 듣기 좋은 딸랑딸랑 아첨의 말을 장황하게 늘어놓는다. 그때 신입사원이 다른 직원을 가리키면서 "어라, 대리님. 말이 다른데요? 저번에 술 먹을 때는 원수가 따로 없다고, 밤길

조심하라고 했잖아요?"

이건 그냥 다 같이 죽자는 것과 다름없을 것이다.

대학 입학 면접에서 교수가 지원자에게 "왜 우리 과를 지원했나요?"라고 지원 동기를 물어볼 때 사실 대로 "다른 과는 성적이 안 되어서요"라고 솔직하게 말한다면 과연 합격할 수 있을까. 회사 면접에서도 왜 이 회사에 지원했느냐는 면접관의 질문에 "다른 회사는 다 떨어지고 이 회사만 통과되어서요"라고 팩트를 말한다면 정직하다며 뽑아줄 회사는 없을 것이다.

그런데 거짓말을 했다가 나중에 발각되면 더 큰 처벌을 받게 되므로 반드시 솔직하게 다 털어놔야 하는 곳이 검찰청과 법원이다. 내가 검찰청의 통역 위원을 한 적이 있었는데 나는 분명 검찰을 도와주는 입장임에도 불구하고 검찰청 출입구 검사대를 통과할 때면 이상하게 등에서 땀이 흐르고 긴장하게 되었다.

법정 드라마를 보면 현관 입구에 왠 여인이 눈을

가리고 한 손에 칼, 다른 한 손에는 저울을 들고 있다. 이 여인은 정의의 여신 '디케'로, 저울은 무언가를 판단하는 기능을 나타내는 가장 오래된 상징이다.

파리의 유명한 기념물인 노트르담 대성당을 보면 위쪽에 삼각형 모양의 부조가 새겨져 있는데 한쪽에는 천사가, 다른 한쪽에는 악마의 형상이 있고 그 가운데 저울이 있다. 천사 쪽에는 두 손을 모으고 하늘을 쳐다보는 사람들의 모습이 새겨져 있는 반면 악마 쪽에 있는 사람들은 손에 철컹철컹 쇠사슬을 차고 있다. 저울이 천사 쪽으로 기울면 천국으로 가는 것이고 악마 쪽으로 기울면 지옥으로 가는 것이니까 착하고 선하게 살라는 교훈을 전달하였다고 한다.

아주 쉽게 매장되기

Je m'en doutais 주 멍 두떼
'내가 그럴 줄 알았어'라는 뜻.

10년 전만 해도 학교에 강의를 나갈 때 학생들에게 장난을 정말 많이 쳤다. 처음에 학생들은 '명색이 대학 선생이라는 사람이 설마 저런 말이나 행동을 하겠어?'라고 생각했지만 나를 오랜 기간 겪은 학생들은 내가 무슨 말이나 행동을 하면 '주 멍 두 떼(내가 그럴 줄 알았다)'라는 반응을 보이곤 했다.

특히 내 나름대로 유머를 했다고 생각했는데 학생들에게 싸늘하고 냉담한 반응을 자아내게 하는 경우가 많다. 한번은 4층에서 강의를 마치고 엘리베이터를 탔는데 학생들이 꽤 있었다. 1층으로 내려가는 엘리베이터 안에서 내 수업을 들었던 학생들한테 이렇게 말했다.

"내 인생 같네."

그랬더니 학생 한 명이 반문했다.

"예? 왜요?"

나는 이렇게 답했다.

"추락하잖아."

그때 엘리베이터 안에 있던 학생들의 한겨울보다 더 싸늘한 반응을 잊을 수가 없다.

또 한 번은 시험 시간이었는데 '기초 프랑스어'라는 과목을 세 반으로 나눠서 강의를 하다 보니 시험 문제를 다 다르게 내야 하는 어려움이 있었다. 최대한 중복되는 문제가 없이 배운 내용을 평가해야 하기 때문에 시험 문제를 낼 때마다 골치가 아팠다.

그런데 하루는 시험 시간에 한 학생이 손을 들어 한 문제에 답이 없는 것 같다고 질문을 하는 것이 아닌가. 문제를 살펴보니 아닌 게 아니라 선택형 문제였는데 정작 정답이 없는 것이었다. 그때 나는 학생들에게 이렇게 말했다.

"내 인생이네. 노답이잖아."

순간 긴장감마저 돌던 시험장 분위기는 싸늘하다 못해 냉담해졌다. 원래 시험 때 긴장을 하면 알고 있던 것도 기억이 잘 나지 않는 법이라서 조금이라도 긴장을 풀라는 의미에서 던진 말이었는데, 학생들은 이런 나의 속 깊은 배려를 알 리 없었다.

1학년들은 긴장을 한 상태에서 멘붕이 온 표정으로 멍하니 나를 보고 있었고, 나를 이미 알고 있는 학생들은 그저 고개를 저으면서 문제를 풀어나가고 있었다.

너의 괴로움은
나의 기쁨

Ça suffit! 싸 쒸피!

'그쯤 해라!'는 뜻.

좋은 말도 한두 번이라고 아무리 농담이라 할지라도 계속해서 누군가를 놀리거나 비꼬는 말을 하는 경우 심각한 상황에 처할 수 있다.

언젠가 지하철을 타고 가는 중이었다. 옆에 앉아 있던 연인으로 보이는 젊은 커플이 대화를 하고 있었다.

"자기야, 나 눈썹 문신할까?"

"뭐하러 해? 더 예뻐질 데가 어디 있다고?"

또 한 번은 길을 걸어가고 있었는데 한 여자가 남자를 보고 손을 들었다. 그 여자에게 다가간 남자는 여자의 머리카락을 쓰다듬으며 이렇게 말했다.

"아니, 네가 여기 있으면 하늘은 누가 빛내니?"

아니, 나만 왜 이런 광경을 눈뜨고 봐야 하는 건지 짜증이 났고 그 남자를 째려보며 속으로 '싸 쒸피(그쯤 해라)!'를 외쳤다.

10년 전만 해도 학교에서 학생들 사이에 내 별명은 한때 '악마의 속삭임'이었을 정도로 악명이 높았다. 특히 여친을 둔 남학생들에게는 피해야 할 경계 대상 1호였다.

예를 들어, 조교와 점심을 먹으러 가는 길, 내 수업을 듣는 남학생이 여친과 손을 잡고 있었다. 남학생은 나를 보고 고개를 숙이며 "안녕하십니까?"라고 인사를 했다. 인사를 받은 나는 아주 자애로운 미소를 지으며 이렇게 말하고는 지나갔다.

"어, 안녕! 아, 그래, 이 친구가 소라구나!"

물론 남학생의 여친 이름이 소라일 확률은 거의 제로에 가깝다. 소라는 그냥 내가 툭 던진 이름일 뿐이다. 하지만 내가 가고 난 뒤 여친은 녀석의 팔을 꼬집으며 따져 묻기 시작한다.

"오빠, 소라가 누구야?"

그리고 녀석의 원망 섞인 하소연이 울려퍼진다.

"아니, 교수님! 소라라뇨!!"

그런가 하면 같은 상황에서 남학생을 보고 씩 웃으며 이렇게 말하기도 한다.

"자식, 그새 또 바뀌었냐?"

이렇게 그냥 툭 던지고 내 가던 길을 간다. 그럼 녀석의 여친은 녀석을 죽일 듯이 째려보며 다그친다.

"뭐야! 대체 얼마나 많은 여자를 만난 거야?"

물론 녀석이 여친을 얼마나 많이 만났는지 나는 전혀 알 수 없다. 나중에 남학생들이 나를 찾아와 짜증을 내면 이렇게 알려주었다.

"야! 내 말 한마디에 흔들릴 정도로 신뢰가 없다면 진작 헤어지는 게 나아."

나는 연못에 장난으로 돌을 던지지만 연못에 살고 있는 남학생 녀석들은 생사가 오가는 일이다. 녀석들은 속으로 부글부글할 테지만, 뭐 어때 나랑 상관도 없는데.

멀 꼬나봐,
짜샤

Passe l'éponge! 빠쓰 레뽕즈!

'잊어버려!'라는 뜻.

I

사람들에게는 누구나 머릿속에 지우개를 써서 깨끗하게 지우고 싶은 기억들이 있는데 나 역시도 예외는 아니다. 내가 프랑스에서 어학 연수를 한 곳은 카톨릭 계통의 학교라 학생들을 관리하는 것이 꽤 까다로운 편이었다. 심지어 결석을 하면 전화를 해서 왜 수업에 빠졌는지 꼬치꼬치 캐묻고 과제를 내주는 그런 곳이었다.

공부를 열심히 하겠다고 마음 먹은 사람들한테는 매우 바람직한 장소일지 모르지만 공부에 그다지 흥미를 느끼지 못했던 나에게는 적지 않은 부담이 되었고 '아니, 대학도 아니고 대학 부속 어학 기관에서 출석까지 일일이 확인하는 거야?'라는 생각도 들었다.

일단 어학 연수를 하기 전 자신의 수준에 맞는 반

을 정하게 되는데 다른 어학 연수 기관과는 달리 학생들의 등급을 16개로 나누어놓았다. 시험 과목도 수업 시간에 했던 내용을 암기해서 적는 대학 방식이 아니라 듣기, 말하기, 쓰기, 읽기, 네 영역으로 나누어 시험을 보았다. 나는 태어나서 처음으로 이런 유형의 시험을 접했지만 그래도 프랑스어를 대학에서 4년간 전공했기 때문에 다른 나라의 어린 학생들보다는 시험을 잘 봐야겠다는 부담이 있었다.

듣기 시험은 라디오 일기 예보를 들려주고 기상 정보에 해당하는 지역에 표시를 하는 것이었다. 썩어도 준치라고 아무리 공부를 하지 않았어도 4년간 들은 풍월이 있던지라 내용 자체는 어렵지 않았다. 나름 자신 있게 들은 내용을 지도에 표시하려고 하는 순간, 아뿔싸! 내가 프랑스 지도를 보고 어디가 어느 지역인지 아는 게 없는 것 아닌가. 심지어 프랑스의 수도인 파리조차 지도에서 어디 처박혀 있는지 알 수가 없었다.

하는 수 없이 문제지에다 듣기 내용에 나오는 텍

스트를 그냥 무대뽀로 다 적기 시작했다. 그리고 답안지를 제출했는데 그다음 날 젊은 선생님이 답안지를 학생들에게 나눠주었다. 내 차례가 되자 선생님은 답안지를 주면서 씩 알 수 없는 미소를 지어 보였다. 신상 명세서를 작성할 때 한국에서 프랑스어 학과를 졸업했다고 적었던지라 내 얼굴은 정말 오랜만에 벌게졌다.

그 뒤로 한국에 돌아와서 대학에서 강의를 한 지 20년이 훌쩍 넘었지만 나는 학생들에게 프랑스 지형과 관련한 부분들에 대해서는 못하더라도 뭐라고 하지 않는다. 왜? 지은 죄가 있으니까.

지금 생각하면 창피해서 고개를 들고 다니지 못할 행동도 프랑스 생활 초기에 했던 적이 있다. 한번은 지하철을 타고 고개를 들었을 때 맞은편에 앉아 있는 프랑스 남자와 눈이 마주치게 되었다. 한국에서 대학을 다닐 1980년대만 해도 이와 같은 상황을 맞게 되면 일단 매서운 눈초리로 상대방을 쩌려보면서 서로 눈싸움이 시작된다. 그러다가 상대방이 시선을 돌리면 왠지 이겼다는 뿌듯함에 기분이 상큼해지는 못된 버릇이 있었다.

프랑스에서도 이때와 마찬가지로 맞은편의 프랑스 남자를 매섭게 째려보았는데 갑자기 그 남자가 나를 보고 눈웃음을 치며 입 모양으로 "봉주흐(안녕하세요)"라고 하는 것이 아닌가. 생전 처음 보는 남자가 나에게 웃으며 인사를 하는 바람에 나는 몹시 당황했다. 이후에도 몇 번 이런 경험이 있었는데 프랑스인은 처음 보는 사이에도 한결같이 미소와 함께 가벼운 인사를 했다. 그냥 기싸움 하겠다고 눈을 부라리던 내가 몹시 창피해졌던 그때를 생각하면 지금도 얼굴이 화끈해지면서 내 머릿속에서 그 기억을 삭제하고 싶다.

교만의 대가는
치러야지

Il n'y a pas un chat 일 니 아 빠 엥 샤

'아무도 없다'라는 뜻.

I

어학 연수를 하던 어학원에서는 거의 한 달에 한 번
씩 학생들을 모아 주변에 있는 성이나 문화 지역을
방문하는 프로그램이 있었다. 선생님이 학생들에게
만날 장소와 시간 등을 비롯해 방문할 장소에 대한
간략한 지도를 나누어주었다. 그리고 주의할 사항에
대해 알려주었는데 집합 장소가 기차역이고, 집합 시
간이 내일 아침 6시라는 얘기만 듣고 나는 교실을 나
왔다.

그리고 그다음 날 새벽에 집에서 나와 걸어서 기
차역에 갔는데 5시 50분이었음에도 기차역에 사람
이 아무도 없었다. 나는 별 생각 없이 벤치에 앉아
음악을 듣고 있었는데 6시 15분이 되어도 아무도 나
타나지 않아서 불안한 마음에 역무원에게 혹시 학생

들이 오지 않았느냐고 물었다. 그런데 역무원의 말이 이 도시에 기차역이 두 개가 있다는 것이 아닌가.

나는 서둘러 다른 역에 가보았지만 이미 버스는 출발한 상태였고 이미 낸 돈은 환불이 안 되니 어떻게 할지 잠시 망설였다. 하지만 내가 누구인가? 불굴의 의지를 가진 한국인이 아니던가.

나는 지도를 들고 생전 처음 '오또 스톱'이라는 것을 했다. 이것은 소위 '히치하이킹'이라고 해서 젊은이들이 여행을 할 때 교통비를 아끼기 위해 같은 방향으로 가는 승용차를 얻어 타는 방법이었다. (지금은 세상이 험해서 매우 위험하기 때문에 절대 해서는 안 된다.) 다행히 마음씨 좋은 농부 할아버지를 만나 짐칸에 올라타 방문지인 성으로 찾아가 모두를 놀래켰다.

또 다른 기억으로는 제대 후 대학에 복학한 뒤 장학금을 받고 싶다는 생각에 학교를 열심히 다니고 있던 때였다. 수강 신청을 할 때도 동기였던 조교에게 조언을 구해 비교적 학점이 잘 나오는 과목 중심으로 시간표를 짜면서 만반의 준비를 했다.

학점이 모자라서 고민하는데 조교가 어떤 과목을 추천해주었다. 그리고 살짝 웃으며 "근데 네가 하기에는 좀 벅차기는 하겠다"라며 염장을 지르는 것이 아닌가. 나는 자존심이 상해서 "무슨 과목이냐"고 물었고 조교는 그 강의를 15명이 신청했는데 다 공부를 잘하는 학생들이라고 말했다. 나는 더 열이 받아서 그 과목을 신청하고야 말았다.

그러나 해당 수업의 교수님은 프랑스에서 20년 가까이 살았고 강의 방식도 프랑스식이었기 때문에 그 당시 나는 전혀 적응을 하지 못했다. 뭐 공부야 그러려니 하고 이해할 수 있지만 내 뚜껑을 열리게 할 사건이 벌어지고야 말았다.

여느 때처럼 수업이 있던 날, 강의실 문을 열고 들어갔는데 아무도 없는 것이 아닌가. 내가 너무 일찍 왔나 하고 10분 정도 지날 때까지 기다렸지만 아무도 오지 않았다. 불길한 생각이 들어 과 사무실에 가서 조교에게 어찌된 영문인지 물었다.

"너 연락 못 받았어? 오늘 교수님이랑 학생들 MT 갔는데?"

이게 무슨 개뼈다귀 같은 소리인가. 나도 분명 그 강의를 듣는, 엄연히 비싼 등록금을 낸 학생이거늘.

다만 그때는 내 과목 성적이 D가 나와서 교수님께 당당히 따지지는 못했다. 그러나 내가 프랑스에 가서 박사 학위를 받고 한국에 돌아와 강의를 하면서 교수님을 만났을 때, 나는 15년 전 그 일을 따져 물었다. 그런데 교수님은 아무렇지도 않게 한마디로 퉁 치시는 것 아닌가.

"기억 안 나."

아, 나만 억울하지 뭐.

돈 드는 일도 아닌데

Ça ne mange pas de pain 싸 느 멍즈 빠 드 뺑

'돈 드는 것도 아니다'라는 뜻.

I

17세기에 빵Pain은 이미 사람들의 주식 중 하나로, 식비에 있어서 매우 중요한 부분을 차지했다. 빵의 지나친 소비는 식비에 부담을 주기 때문에 큰 일이 없는 한 빵을 갑자기 많이 소비할 필요는 없었다. 따라서 '싸 느 멍즈 빠 드 뻥'은 식비에 지대한 영향을 끼치는 빵을 먹는 것이 아니라면 그렇게 문제가 될 일도 아니라는 의미다.

프랑스 하면 가장 먼저 떠오르는 빵은 단연코 '바게트baguette'가 아닐까 싶다. 바게트의 기원에 대해 재미로 알아보면 크게 3가지 이야기가 전해진다.

첫째, 19세기 초 나폴레옹 황제의 제빵사들에 의해 처음 만들어졌다는 썰이다. 전통적으로 둥그렇고 큰 빵보다 더 가볍고 부피도 덜 나가는 빵을 만들어 군인들이 전쟁 중에도 주머니에 넣고 다니며 먹을 수 있도록 만들었다는 것이다.

둘째, 1839년 오스트리아 제빵사인 오거스트 장이 프랑스에 바게트를 가지고 들어왔다는 썰이다. 비엔나 사람인 그는 같은 해 파리에 빵집을 열었고 오스트리아에서 먹던 것과 비슷한 타원형 모양의 빵을 만들어 팔았다고 한다.

셋째, 1900년대 파리 지하철 공사장에서 유래했다는 썰로, 공사장에서 인부들 간에 칼부림을 막기 위해 손으로도 쉽게 부러뜨려 먹을 수 있는 빵을 만들었다고 전해진다.

그 유래가 무엇이든 싼값에 배를 채울 수 있게 해주는 바게트의 재료는 밀가루, 소금, 물, 이스트가 전부다. 재밌는 것은 기본 재료가 프랑스에서 식품법으로 엄격히 규정되어 있다는 것이다. 만약 바게트를 만들어 팔면서 기본 재료 외에 다른 재료를 추가해서 만든다면 그 빵에는 바게트라는 이름을 붙일 수 없다.

그리고 프랑스에서 바게트는 빵집마다 다른 레시피를 가지고 있다고 해도 과언이 아닐 만큼 그 맛이 다양하다. 바게트 대회가 열려서 최고의 바게트를 뽑기도 한다.

한번은 남의 부탁을 듣고 돈 드는 것도 아닌데 들어주지 뭐 하는 마음으로 쉽게 생각했다가 식겁한 적이 있었다. 어떤 일이냐 하면 나한테 사돈뻘 되는 친구가 프랑스에서 먼저 음악을 전공하고 있었고, 나이는 나보다 한참 어렸지만 내가 프랑스에 처음 갔을 때 여러모로 도움을 많이 주었다.

어느 날, 이 친구가 나를 찾아와서는 한 달 동안 여행을 갈 건데 자신의 악기를 좀 맡아달라고 했다. 친구의 전공은 플루트였는데 악기가 작기도 하고 내가 받은 도움이 있어서 알겠다고 했다. 며칠 뒤 친구는 악기를 나에게 맡기고 여행을 떠났다. 나는 대수롭지 않게 플루트가 들어 있는 악기 케이스를 방구석 쓰레기통 옆에 놓아둔 채 신경을 끄고 살았다.

한 달 뒤 친구는 여행에서 돌아와 악기를 찾으러 왔다. 친구는 악기 케이스를 열어 플루트를 살펴보았는데 손도 대지 않고 놔둔 거라 별다른 문제는 없었다. 그런데 알고 보니 이 플루트가 무려 8,000만 원짜리라는 것이었다. 황금빛으로 눈부시게 반짝반짝하는 플루트를 보니 저걸 만일에 내가 잃어버리기라도 했으면 어쩔 뻔했을지 등골이 오싹했다.

너 나 못 믿어?
응, 못 믿어

Fais comme tu veux 페 꼼 뛰 브

'너 하고 싶은 대로 해'라는 뜻.

내가 하고 싶은 대로 내버려두는 것이 굉장히 좋을 것 같지만 실제로는 그렇지 않다. 각 나라마다 공부하는 스타일이 있는 것 같은데 프랑스의 경우 처음 박사 과정에 들어가면 정말 하고 싶은 대로 해도 된다고 생각하게 된다.

대부분의 지도 교수가 수업에 들어오라는 말도 없고 언제까지 논문의 일부를 써 오라는 말도 하지 않는다. 그냥 '네 공부니까 네가 알아서 해'라는 식으로 1년 정도는 정말 편하게 지낼 수 있다.

그런데 아주 드물게 학생을 닦달하는 교수도 있었다. 그중 한 교수님은 내 지인을 만날 때마다 "너 언제까지 논문 써 올 거야? 머리에 총 맞기 싫으면 다음 주까지 일부라도 써 와"라고 다소 무서운 협박을 했던 것이다. 물론 지인은 스트레스를 받았고 왜 다른 교수들은 가만히 있는데 자기 교수만 그러는 건지 짜증도 냈다.

하지만 학생에게 무조건 맡기는 방식이 정말 좋은 것일까? 박사 과정은 아무래도 5년 정도 되기 때문에 꽤 긴 것 같지만 시간은 정말 화살같이 지나가는 법이다. 어영부영하다 보면 2년은 훌쩍 지나가고 슬슬 불안감이 엄습해오기 시작한다. 논문을 써야겠는데 해놓은 것은 없다 보니 무엇을 어떻게 써야 할지 감이 잡히지 않고, 주제 선정과 논문의 목차를 정하는 것부터 지도 교수에게 허락을 받아야 한다. 처음 써 가면 퇴짜, 다시 가도 퇴짜를 맞고 그제야 땅을 치고 후회를 하지만 소용없다.

반면 논문을 쓰라고 닦달을 하는 교수 밑에 있는 학생들은 처음이 어렵지, 조금씩 수정을 하다 보면 논문의 기본 뼈대가 세워진다. 결국 적극성을 보이는 교수를 둔 학생들은 박사 논문을 더 빨리 끝내고 한국으로 돌아갈 수 있었다. 반대로 너 하고 싶은 대로 하라는 교수 밑에 있는 학생들은 논문을 완성하느 데 오랜 시간이 걸리고 심적인 불안감과 함께 유학 비용을 보내주시는 부모님께 대한 죄책감마저 느끼면서 미래를 알 수 없는 매우 우울한 시간을 보내게 된다. (안타깝게도 박사를 끝내지 못하는 경우도 허다하다.)

하고 싶은 대로 하라는 말의 가장 무서운 점은 내가 원해서 한 일의 결과에 대해 그 누구도 책임져주지 않으며 오롯이 나 혼자 모두 감당해야 한다는 것이다.

내가 60년을 넘게 살아본 바에 따르면 우리나라에서 돈도 없고 빽도 없는 사람들이 살아남을 수 있는 방법은 바로 '물귀신 작전'이다.

즉, 내가 잘못되면 나 혼자서는 절대 죽지 않겠다는 생존 방법이다. 내가 아무리 꼴보기 싫고 귀찮아도 내가 잘못되어 부정과 관련된 일을 나발이라도 불면 누군가 다치게 되어 있어서 어쩔 수 없이 뒤를 봐주는 경우가 있다. 요즘 텔레비전이나 유튜브를 보면 허구한 날 정치나 사업을 하는 사람들이 불법을 저지르고 이를 녹취해서 다른 사람들이 연류되는 무슨 도미노 게임이 펼쳐지는데, 물귀신도 이제 좀 지친다 지쳐.

저기, 혹시 T세요?

Ça sert à rien 싸 쎄 하 히양
'아무 짝에도 쓸데없다'는 뜻.

I

"개똥도 약에 쓸데가 있다는데 밥만 축내고 아무 짝에도 쓸데가 없다"는 말은 막장 드라마 같은 데서 들어본 것 같은데 실제로 듣는다면 정말 기분이 나쁠 것 같다. 자신에게 도움이 안 된다고 해서 상대방을 이런 식으로 비하하는 것은 정말 최악이다.

제자 중에 얼굴이 아주 잘생긴 녀석이 있었다. 프랑스어도 꽤 하는 편이었고 프랑스로 교환 학생도 1년간 다녀왔으며, 경영학과를 복수 전공하여 웬만하면 취직을 하겠구나 싶은 녀석이었다. 그런 녀석으로부터 졸업한 지 1년 정도 지나 연락이 왔다. 반가운 마음에 만나서 어떻게 지내냐고 물었더니 경찰이 되었다는 것이다. 뭐? 경찰?

학교 다닐 때도 운동을 하기보다는 시집이나 문

학 작품을 읽는 것을 좋아했던 녀석이었는데 매우 뜻밖의 근황이었다. 왜 경찰이 되었느냐고 물어봤더니 취업 준비를 하던 중에 고등학교 동창을 만났는데 그 친구가 대학을 가지 않고 바로 경찰이 되었던 모양이다.

아무리 친구 따라 강남 간다지만 그 말을 듣고 바로 경찰 준비를 했단다. 이런 나보다도 귀가 얇은 녀석 같으니라구. 어쨌거나 결혼도 하고 자기를 똑 닮은 아들 둘을 낳아 잘 살고 있었다.

그러던 어느 날, 차를 주차해놓고 다녀온 사이에 어떤 차가 내 차를 치고 지나간 것 같았다. 혹시 메모라도 남겼을까 해서 살펴보았지만 아무런 쪽지도 없었다. "이런 XX를 봤나?" 하며 반드시 잡아서 정의가 살아 있음을 보여주겠다고 마음먹었다.

일단 블랙박스를 확인해보았는데 찌그러진 부분은 차 뒤쪽이고 블랙박스는 차 앞에만 설치되어 있어서 카메라에 찍힌 것이 없었다. 순간 내 머릿속에

경찰을 하고 있는 제자 녀석이 떠올랐다. 나는 조금도 주저하지 않고 녀석에게 전화를 했다.

"여보세요? 그래, 나다."

녀석에게 자초지종을 설명해주었는데 녀석의 답변은 간결했다.

"아, 그거요? 가장 가까운 파출소에 신고하세요. 그럼 그쪽에서 알아서 해줄 거예요."

솔직히 내가 녀석에게 기대한 반응은 이랬다.

"(몹시 놀라며 나의 안부를 궁금해하는 어투로) 다치지는 않으셨어요? 제가 지금 그쪽으로 갈게요! 걱정 마시고 조금만 기다리세요!"

아니, 파출소에 신고하는 거면 내가 뭣하러 녀석에게 전화를 했겠는가 말이다. 마지막에 "별일 없으시죠?"라고 묻는 녀석의 뒤늦은 인사에 이미 맘이 상해 있던 나는 "몰라, 짜샤" 하고 전화를 끊어버렸다. 아니, 내가 지가 학교 다닐 때 얼마나 잘해줬는데, 나한테 앞으로 도와달라고 전화만 해봐라. 나의 밴댕이 소갈머리 같은 심보가 작렬했던 날이다.

원수 되기
순식간이네

C'est facile comme bonjour 쎄 파씰 꼼 봉주

'누워서 식은 죽 먹기'라는 뜻.

I

대학 은사님을 비롯해 교수님 몇 분이 산을 너무 좋아하서서 거의 7년 동안 매주 토요일마다 북한산, 청계산, 도봉산 등을 함께 올랐다. 내가 운동을 좋아하기는 했지만 산은 정말 싫어했는데 내려올 걸 왜 올라가는지 도저히 이해가 되지 않았기 때문이다.

하지만 뭐 선택의 여지가 있는 건 아니어서 산을 다니다 보니 나중에는 산행이 참 좋아지기는 했다. 특히 북한산을 많이 다녔는데 7년 동안 매주 토요일마다 갈 정도였으니 올라가는 길과 내려오는 길은 눈감고도 찾아갈 정도로 자신이 있었다.

하루는 학과 교수님들과 학생들이 1년에 한 번 모여 산행을 가는 날이었다. 많은 사람이 지하철역에서 만나기로 했는데 복학생 3명이 일이 좀 있어서 조금 늦게 도착한다는 것이다. 한 교수님이 산행이 늦어질까봐 이미 도착한 학생들을 데리고 먼저 산에 오를 테니 내가 남았다가 늦게 오는 복학생들을 데리고 합류하는 것이 어떠냐고 물으셔서 알겠다고 답했다.

"아, 누워서 떡 먹기죠. 하루 이틀 다닌 길도 아닌데요 뭐. 먼저 올라가세요, 교수님."

교수님은 나의 자신감 넘치는 말에 학생들을 인솔해 올라가셨다. 1시간 정도 흐른 뒤 복학생 3명이 도착했고 나는 평소대로 녀석들을 갈구기 시작했다. 그런데 웬걸, 그렇게 자주 가던 길을 찾을 수가 없었다. 평소에는 교수님들이 앞장서면 1미터 뒤에서 쫓아갔는데 내가 길을 찾을 수 없다는 게 믿기지 않았다.

결국 길을 헤매다가 비탈길을 네 발로 기어오르는 지경에 이르렀는데 그만 내가 잡은 나뭇가지가 부러지면서 아래로 굴러 떨어지고 말았다. 다행히 늦가을이라 낙엽이 수북이 쌓여 있어서 망정이지 큰일 날 뻔했다. 큰 소리가 나자 먼저 올라가던 복학생

놈들이 나를 향해 "교수님, 괜찮으세요?"라고 소리만 지르는 것이 아닌가.

이놈들이 내려와서 내가 괜찮은지 확인하는 게 아니라 지들 몸만 사리느라 걱정하는 흉내만 낸다는 생각에 괘씸했다. 어찌어찌해서 산에 올라갔지만 너무 늦게 올라가서 교수님과 학생들은 먼저 하산을 하여 고깃집에 자리를 잡고 있었다. 복학생 놈들과 고깃집에 도착하자, 교수님은 우리들에게 소주를 따라주시면서 "자, 오늘 산행에서 얻은 교훈이 무엇이 있나 얘기해볼까?"라고 말씀하셨다.

나는 복학생 놈들을 째려보면서 "세상에 믿을 놈 하나도 없다는 것을 느꼈습니다"라고 말했다. 그러자 복학생 한 놈이 내 말에 이어 "지도자를 잘못 만나면 죽을 수도 있겠다는 생각을 했습니다"라고 내 눈을 똑바로 쳐다보며 말하는 것이 아닌가.

훗날 그놈은 졸업과 동시에 프랑스로 유학을 가서 아예 파리에 자리를 잡았다나 뭐라나.

다 먹고살자고
하는 짓인데

C'est mon dada 쎄 몽 다다

'내 취미야, 내가 좋아하는 것이야'라는 뜻.

사람들은 자신만의 취미를 갖고 있는데 그 종류도 참 다양하다. 시간적으로 여유가 좀 있는 사람들은 복잡한 도심을 떠나 혼자 여행을 다니면서 자연의 아름다움을 만끽하며 사진을 찍기도 하고, 그렇지 않은 사람들은 운동을 통해 스트레스를 풀기도 한다.

최근 어느 언론 기관에서 프랑스인이 좋아하는 취미 활동과 관련된 여론 조사를 했다. 도심에 살고 있는 프랑스인은 발코니와 테라스에서 정원 가꾸기를 좋아해서 화분에 딸기, 토마토, 고추를 심어서 먹기도 한다. 40년 전에는 경제적인 이유 때문에 야채를 재배하던 사람들이 이제는 몸에 좋은 야채나 과일을 먹을 수 있을 뿐 아니라 자연과의 교감을 이룰 수 있는 여가 활동으로 정원 가꾸기를 하는 것이다.

이밖에도 창조적 활동과 관련된 여가 활동은 꾸준히 늘고 있다. 프랑스인의 60퍼센트 이상이 시간이 있을 때 목공을 한다고 답변했는데 이 시장은 10억 유로 정도의 규모로 크게 성장했다. 물건을 사는 것보다 스스로 고치거나 만드는 것이 지구의 환경을 보호하는 데도 도움이 된다.

여가 활동과 관련해 전문가들은 무엇이든 지속적이고 규칙적으로 해야 한다는 점을 강조하고 있다. 지루한 일상에서 벗어날 수 있으면서 타인과의 관계를 돈독히 할 뿐만 아니라 신체적, 정신적 건강에 도움이 되는 여가 활동은 앞으로 더욱 중요해질 전망이다.

어느 날은 프랑스 친구 녀석이 공원으로 나오라고 했다. 녀석은 나이가 지긋하신 분들과 함께 쇠구슬 같은 것을 손에 들고 있었다. 땅바닥에 동그라미를 그려넣고 그 안에 '꼬쇼네뜨 cochonette'라고 불리는 작은 공을 넣고 난 뒤, 쇠로 만든 공 '불르 boule'를 던져 상대방의 불르보다 꼬쇼네뜨에 더 가까이 위치시킴으로써 점수를 얻는 게임이다. 프랑스인이 좋아하는 '빼땅끄Pétanque'라는 게임이다. 상대의 불르가 꼬쇼네뜨에 너무 가까이 있을 경우에는 내 불르로 상대방의 불르를 맞춰 멀리 보내기도 한다. 나이 많은 노인네들만 좋아하는 운동인 줄 알았는데 전 세계적으로 수백만 명이 이 스포츠를 즐긴다고 한다.

내가 대학에서 강의를 할 때 프랑스 원어민 교수가 빼땅끄 시합에 나갈 선수를 찾고 있었다. 어릴 때 많이 했던 구슬치기랑 거의 흡사해 보여서 별거 아닌 줄 알았는데 막상 불르를 손에 잡아보니까 무게가 꽤 나갔다. 상대방의 불르를 맞추는 방법도 의외로 다양하고 난이도가 높았다. 지금도 프랑스 작은 공원에 가면 빼땅끄 게임을 하는 노인들을 자주 볼 수 있다.

죽을 죄를 졌습니다

Ne t'en fais pas trop 느 떵 페 빠 트로

'그것에 대해 너무 신경쓰지 마'라는 뜻.

I

사람마다 성향이 다 다른데 미래 지향적인 사람이 있고 과거 지향적인 사람이 있다. 미래 지향적인 사람은 지나간 일은 잊고 앞으로를 생각하며, 과거 지향적인 사람은 지나간 일을 잊지 못하고 후회하는 성향을 가지고 있다.

둘 중 어떤 성향이 살아가는 데 있어서 도움이 될 것 같느냐고 물어보면 누구나 미래 지향적인 성향이 좋다고 말하겠지만, 성향이라는 것이 호떡 뒤집듯이 쉽게 바뀌는 것은 아니다. 과거 지향적인 성향의 사람은 한 번 삐진 일이 있으면 잊지 못하고 마음 깊은 곳에 간직하고 있기 마련이다. 누군가에게 잘못한 것도 내내 잊지 못하고 마음이 괴롭고 편치 않기도 하다. 극내성의 나는 과거 지향적 성향에 가깝다.

하루는 은사님께서 프랑스에 오셔서 1년 동안 머무실 거라는 연락을 주셨다. 그 소식에 프랑스에 머물고 있던 대학 동기들이 우리 집으로 다 모여서 교수님을 마중하기 위해 차를 타고 공항으로 갔다. 잠시 후, 은사님이 공항 출구로 나오셔서 반갑게 인사를 드리고 교수님과 함께 우리 집으로 갔다.

그 당시만 해도 한국에서 프랑스로 오는 비행기는 파리에서 새벽에 도착했기 때문에 우리는 전날 밤새 이야기를 하느라 거의 잠을 자지 못한 상태였다. 그래서 교수님을 모시고 집에 들어서자마자 교수님의 의향은 전혀 물어보지 않은 채 "교수님, 피곤하시죠? 얼른 좀 쉬세요"라며 거의 반 강제로 방에 모시고 우리는 다른 좁은 방에서 새우처럼 몸을 접고 잠을 잤다.

그리고 얼마가 흘렀을까. 눈이 떠져서 아침을 먹기 위해 교수님께서 계신 방을 노크했다. 그런데 아무런 인기척이 없어서 문을 열어보니 교수님이 안

계신 것이 아닌가! 나는 친구들을 깨웠고 우리 모두는 불안해하기 시작했다. 게다가 교수님이 가져오신 이민용 가방과 같이 큰 짐들도 없어졌기 때문에 우리는 어찌해야 할지 몰라 당황해하고 있었다.

잠시 후 전화벨이 울려서 받으니 교수님이셨다. 교수님은 원래 국제 기숙사에 교수용 방을 예약하셨는데 우리가 너무 곤히 자니까 짐을 들고 그곳까지 가셨다고 했다. 우리는 너무 죄송해서 어찌할 줄 몰랐지만 교수님은 70년대에 유학을 하셨던 기억을 더듬어서 혼자 다 해결하신 것이었다.

그리고 거의 10년이 지난 후, 박사 학위를 마친 나는 한국으로 돌아와 은사님 댁으로 인사를 드리러 갔다. 은사님의 사모님께서 정성스레 마련해주신 저녁을 먹고 차를 마시며 한담을 하는데 교수님이 갑자기 프랑스에서 있던 그 일을 꺼내시는 것이었다. 나는 갑자기 얼굴이 화끈거렸고 고개를 들지 못했다. 교수님은 사모님께 이렇게 말씀하시면서 웃으셨다.

"내 제자들은 정말 가식이 없더라구. 다른 대학교 유학생들 같으면 교수가 프랑스에 오면 공항에 벌써 다 집결하고 교수가 담배를 물면 사방에서 수십 개의 라이터가 들어올 정도로 교수 눈치를 보거든? 왜냐? 공부를 마치고 귀국하면 교수가 될지 안 될지의 열쇠를 쥐고 있는 사람이 바로 교수니까. 근데 우리 제자들은 나를 집에 데리고 가서 지들이 피곤하니까 그냥 나를 방에 넣어두고 지들은 잘 자더라구. 이게 눈치나 살살 보고 어떻게든 교수 비위나 맞추는 사람들하고는 차원이 다르더라니까."

입이 열 개라도 할 말이 없던 나는 얼굴이 빨개졌는데 그 모습이 재미있었는지 교수님과 사모님은 크게 웃으셨다. 내가 대학에서 강의를 하는 내내 교수님은 교직원 식당이나 어느 장소에서 다른 교수들과 있을 때도 이 이야기를 심심치 않게 꺼내셨다. 교수님은 신경 쓰지 말라고 하시지만 수십 년이 지나도 그때 일만 생각하면 그냥 죄송할 따름이다.

친구야,
잘 지내고 있는 거냐?

Ça fait un bail 싸 페 엉 바이

'정말 오랜만이야'라는 뜻.

하루는 장을 보러 우리나라에는 '까르푸'라고 알려진 꺄르푸흐Carrefour에 갔는데 수레를 끌고 가던 중 반대편 멀리에서 한 동양인 부부가 걸어오고 있는 것을 보았다. 어디서 본 것 같다는 생각을 하는 순간 남자가 나에게 달려오면서 "일영아"라고 이름을 부르며 나를 와락 안는 것이 아닌가.

순간 누구지 하고 당황한 나는 녀석을 보고서 초등학교 6학년 때 우리 학교로 전학을 왔던 친구임을 알게 되었다. 녀석하고는 참 인연인지 악연인지 모르겠다.

어릴 때 녀석은 부모님이 해외에 계셔서 형, 누나와 같이 살고 있었다. 한번은 우리 집에 데려가 된장찌개를 먹여준 적도 있는데 초등학교를 졸업하고 한 번도 못 보다가 대학교 2학년 때 복학하고 나서 16년 만에 우연히 버스 안에서 녀석을 만난 적이 있었다.

인천에 있는 대학에 다니던 나는 서울로 올라가기 위해 버스를 타고 맨 뒤로 가 담배를 피우려고 했는데 라이터가 없었다. (그때만 해도 고속 버스에서 담배를 피울 수 있었다.) 내 뒤에 남자가 앉아 있어서 불 좀 빌리려고 하는 순간 녀석은 "어? 너 일영이 아니냐?"라고 말하는 것이었다. 바로 그 녀석이었다.

녀석은 아내와 같이 프랑스로 유학을 갈 거라며 성당 수녀님께 인사를 드리러 왔다고 했다. 나한테 뭐하고 지내냐고 물어보기에 명색이 불문과인지라 "아, 나도 졸업하고 프랑스로 유학갈 거야"라고 뻥을 쳤다. 어차피 또 볼 거 아니니까라는 생각으로.

그런데 인생 참 묘한 것이 어찌어찌하다 나도 프랑스로 유학을 갔고, 그때 버스 안에서 녀석을 만난 지 10년 만에 프랑스, 그것도 슈퍼마켓에서 만난 것이다. 녀석의 아내는 나를 보며 "아, 초등학교 때 그렇게 잘해주셨다는 일영 씨군요. 이이가 밤마다 된 장찌개 먹은 이야기를 그렇게 해요"라고 웃으며 말했다.

그 뒤로 우리는 부부끼리 자주 만나고 여행도 같이 하며 즐거운 시간을 보내곤 했다. 한국에 돌아와서 녀석의 도움을 꽤 받았는데 지금 녀석은 미국에 살고 있다. 언제고 미국에 건너가 녀석을 다시 만나 안부를 묻고 싶다.

부대 쪽으로는
소변도

Tu me casses les pieds 뛰 므 꺄쓰 레 삐에

'너 때문에 골치가 아파'라는 뜻.

I

프랑스의 한 기차역에서 기차를 기다리며 커피 한 잔을 마시고 있는데 구석에서 청년들이 모여서 맥주를 마시며 시끄럽게 떠들고 있었다. 알고 보니 친구 중 한 녀석이 군대를 가서 나름대로 환송식을 해주고 있었던 모양이다.

그 모습을 보니 군대 시절 생각이 났다. 1982년에 입대를 한 나는 내 키만 한 더플백을 매고 자대 배치를 받아 잔뜩 긴장한 상태로 내무반에 들어갔다. 그런데 고참들이 다짜고짜 대학생이냐고 물어보기에 "그렇습니다"라고 대답했더니 "니들 때문에 빽이 쳤다"면서 발로 걷어차기 시작했다. 알고 보니 그 고참들은 5·18 민주화 운동 때 광주에 다녀온 사람들이었다고 한다.

며칠 대기를 하면서 어느 부서로 갈지 결정을 해야 했는데 우리 부대는 뭐든 다 만들 수 있다는 공병 부대였다. 그래서 기계 장비들이 엄청 많았고 이를 정비하는 '정비과', 차량을 담당하는 '수송과', 행정을 비롯해 조직의 두뇌를 담당하는 '참모부', 그리고 유격 부대가 있었다.

그런데 나는 훈련소에서 물을 잘못 먹는 바람에 설사병이 걸려서 몸이 정말 좋지 않은 상태였다. 그런 내가 너무 불쌍해 보였는지 장기 하사였던 행정반 군인이 제대가 2년이 넘게 남았는데도 불구하고 나를 조수로 받겠다고 했다. 그러나 30년 넘게 사람만 봐온 선임 상사는 내 인상을 딱 보고는 절대 안된다고 했다. '분명 사고 칠 놈'이라고 직감했던 것이다. 그럼에도 하사는 내가 다른 부서에 배치를 받으면 죽을 것 같아서 끝까지 고집하여 결국 나는 행정반에 배치를 받을 수 있었다.

그렇게 군 생활을 시작한 지 얼마 지나지 않았을 때, 특공 부대에서 우리 부대로 병사 한 명을 보내달라는 공문이 왔다. 병사는 다 주특기가 있는데 9로 시작하는 행정병이 필요하다는 공문이었다. 마침내 선임이 휴가여서 나는 특공 부대에서 온 명부를 보고 부대에서 한 병사를 보냈다. 그런데 여기서 사단이 생겼다. 내가 보낸 병사의 주특기가 행정이 아닌 보병이었던 것이다.

아마도 내가 더위를 먹었는지 실수를 하고 만 것이다. 부대는 난리가 났고 상사는 머리를 쥐어뜯으면서 한숨을 쉬며 말했다.

"내가 너만 보면 골치가 아파. 머리가 깨진다 깨져 인마. 저기, 해결할 사람은 너밖에 없으니까 네가 가!'

다행히 어찌어찌해서 무사히 문제를 해결했지만 지금도 그때 기억을 떠올리면 아찔하다. 특공 부대라니….

대한민국 남자들은 보통은 제대를 하고 나면 동기들과 만나곤 한다. 그러나 나는 제대를 하고 한 번도 부대를 방문한 적도 없고 동기들을 만난 적도 없다. 그때의 악몽이 되살아날까봐서다.

열심히 하지만
머리가 나빠서

Ce n'est pas une lumière 쓰 네 빠 윈느 뤼미에흐
'그다지 똑똑하지 못하다'라는 뜻.

I

지혜와 지식을 가진 사람은 무지의 암흑을 비추는 한 줄기 '빛'과 같다. 지식을 '빛'에 비유하기 시작한 것은 17세기로 거슬러 올라간다. 반대로 어리석은 사람은 문제를 해결하고 어려움을 극복할 수 있는 지혜와 지식이 없어서 절대 빛날 수 없다.

내가 고등학교 때의 일이다. 그때는 우리나라에서 대학을 가지 못하면 거의 사람 대접을 받지 못한다는 분위기가 팽배했다. 그래서 대학은 꼭 가야 하는 곳으로 여겨졌다.

이런 분위기에서 나도 다른 녀석들처럼 대학에 가기 위해 나름대로 정말 열심히 공부했다. 학교 쉬는 시간에도 자리에 앉아 책을 보며 공부했을 정도다. 그럼에도 성적은 영 오르지 않던 어느 날, 담임 선생님이 불러서 교무실로 갔더니 선생님은 내 성적을 보고 깊이 한숨을 쉬셨다. 선생님은 이렇게 말씀하셨다.

"일영아, 네가 열심히 노력을 하지 않으면 두들겨 패서라도 공부를 시킬 텐데 너는 정말 내가 봐도 늘 책상에 앉아 있고 열심히 하는데 당췌 성적이 오르지 않으니 어떻게 해야 될지 모르겠다."

선생님께서는 내가 머리가 나쁘고 똑똑하지 않아서 열심히 해도 성적이 오르지 않는 것 같다는 말씀을 에둘러 하셨다.

다행히 한 대학이 1979년까지는 공대만 있었는데 1980년부터 종합 대학이 되면서 문과대가 생겼다. 그런데 이 정보를 알고 있는 사람들이 많지 않았는지 선생님께서 이 학교에 지원을 해보라고 하셔서 나는 천만다행으로 대학에 들어갈 수 있었다.

우리나라에서는 열심히 하지만 머리가 좋지 않은 학생이던 나는 프랑스로 유학을 가서 새로운 교육 방법을 경험하고 그동안 배우던 방식과 완전히 다르다는 사실을 깨달았다. 프랑스에서는 정답이라는 것이 없고 내가 주장하는 것이 논리적이고 합리적이면 정답으로 인정받는 분위기였다.

그래서 공부를 못해서 고민이라는 학생들을 만나면 이렇게 이야기한다.

"네가 공부를 못하는 게 아닐 수도 있어. 우리나라 교육 제도가 잘못된 거지. 나 봐봐. 한국에서 대학 때까지 빌빌거리다가 프랑스에서 박사 학위 받았잖아. 그러니까 너도 나를 보면서 힘을 내."

똥이 무서워서 피하나
더러워서 피하지

Je n'ai rien à perdre 주 네 히아 나 뻬흐드르

'잃은 게 하나도 없다'는 뜻.

I

.

인간은 사회적 동물이다. 특별한 상황이 아니라면 생존을 위해 집단 공동체 안에서 다른 사람들과 함께 관계 속에서 살아간다는 의미다. 그런데 사람들은 생김새가 다르고 성격도 제각각이어서 상대하는 것이 결코 만만치 않다. 이렇게 수많은 사람들 중에 어떤 사람이 가장 어렵고 무섭게 느껴질까?

나는 가장 무서운 사람은 '잃을 게 없는 사람'이라 생각한다. 다른 사람과 문제가 생겼을 경우 그 원인은 여러 가지가 있을 수 있지만, 자기가 소유한 무언가를 지키고 빼앗기지 않기 위해 필사적으로 싸울 때가 많다. 이웃 간의 땅을 경계로 싸우는 것은 한 뼘이라도 내 땅을 더 확보하고 지키기 위해서이며, 권력자들이 대중을 향해 독재하고 사람들을 공포에 몰아넣는 가장 큰 이유는 자신이 가지고 있는 기득권을 지키고 유지하기 위해서다.

그런데 지켜야 할 것이 없는 사람은 자신의 이익을 계산하며 싸울 이유가 없다. 어차피 자기 것이 없기 때문이다. 따라서 다른 사람이 상상도 할 수 없는 만행을 저질러도 억울해하거나 무언가를 뺏길까봐 두려워하지도 않는다.

프랑스를 비롯해 유럽 여행을 하다 보면 소매치기가 많기 때문에 항상 소지품을 유의해야 한다. 관광객을 대상으로 소매치기를 하는 사람들은 대부분 집시로, 이들은 무슨 특별한 기술을 갖고 있지도 않다. 그냥 두세 명이 관광객에게 달려와 한 명은 관광객의 주의를 끌고, 다른 한 명이 소지품을 터는 지극히 원시적인 방법을 사용한다. 이들을 경찰에 신고해서 체포를 당해도 무서워하거나 두려워하지 않는다. 왜냐하면 어차피 추방되면 또다시 돌아올 것이기 때문이다. 경찰에 잡혀도 잃을 게 하나도 없다.

한번은 프랑스로 놀러 온 지인 가족의 가이드를 하게 되었다. 노트르담 대성당 근처에서 집시들이 지인 가족에게 접근해 소매치기를 하려 했고, 이미 그들의 수법에 이골이 난 나는 인상을 쓰며 놈의 손을 세게 치면서 프랑스어로 크게 욕을 했다.

때마침 근처를 순찰 중이던 경찰 세 명이 와서 나는 그들에게 자초지종을 설명했다. 경찰들이 집시들을 데려가면서 잃어버린 것이 없느냐고 묻자, 나는 없긴 한데 소매치기가 너무 많은 것 같다고 불만을 표시했다. 그랬더니 경찰은 어깨를 으쓱하며 자기들이 할 수 있는 건 체포해서 국경 밖으로 내쫓는 것인데 그래도 그날 밤 다시 프랑스로 넘어온다는 것이다.

유럽을 여행하는 사람들에게 많은 조언을 하는데 아무리 조심해도 지나치지 않은 것은 소매치기다. 기분 좋게 왔다가 돈도 잃고 기분도 망치는 일을 당해서는 안 되지 않겠는가.

스토킹과 사랑은
종이 한 장 차이일 뿐

Il (Tu) est (es) fou à lier 일(뛰) 레(에) 푸 아 리에

'단단히 미쳤구나'라는 뜻.

뭔가에 미쳤다는 말을 듣는 사람은 정말로 제정신이 아닐 수도 있지만, 어떤 일을 하는 데 있어서 다른 사람은 상상할 수도 없을 만큼 열심히 몰입해서 하거나 전혀 불가능해 보이는 일에 도전하기도 한다.

요즘은 세상이 어떻게 돌아가는지 정말 정신이 없다. 이벤트라면서 이상한 짓을 하는 사람들도 많다.

한 여자가 남자 친구의 생일을 맞이해 5,000달러라는 거금을 내고 이벤트를 의뢰했다. 남친을 경비행기 학교로 데려간 여자는 오랜만에 비행기를 타면서 스트레스를 풀라고 한다. 비행기가 아주 높은 상공까지 올라갔을 때 갑자기 조종사가 의식을 잃고 쓰러져 급추락을 하기 시작했다.

조종사 옆자리에 앉아 있던 남친은 어쩔 줄 몰라

하다가 비행기의 하강 속도가 빨라지자 얼굴이 사색이 됐다. 더 이상 비행기가 하강하면 위험해질 고도에서 조종사가 갑자기 깨어나더니 비행기를 다시 공중으로 떠오르게 한다.

물론 이 모든 일은 사전에 계획된 것이었고 비행기 안에는 카메라가 설치되어 있었다. 여자는 남친이 최근 무료해하는 것 같아서 이런 이벤트를 마련했다고 한다. 그러면서 구토를 하고 있는 남친 옆에서 손가락으로 브이 자를 그리며 환하게 웃는다.

나는 그녀를 보면서 아무 여자와 사귀면 잘못하면 죽을 수도 있다는 생각이 들었다.

아는 사람한테 들은 이야기다. 그의 친구가 대학생이었을 때 하루는 학교에 가던 길에 한 여학생에게 꽂혀 그녀를 쫓아서 강의실까지 따라갔다. 그리고 매주 그 시간이 되면 녀석은 여학생을 만나기 위해 강의실로 찾아갔다고 한다.

어느 날, 어김없이 그 강의실에 찾아간 녀석은 교

수가 출석을 부르려는 순간 강의실 문을 열고 교수에게 90도로 인사한 뒤 여학생을 가리키며 이렇게 말하고는 다시 90도 인사를 하고 문을 닫았다.

"넌 내 꺼야!"

처음에는 다들 너무 황당해서 뭐 저런 또라이가 있냐면서 화를 냈다고 한다. 그런데 녀석은 조금도 흔들리지 않고 손에 따뜻한 캔 커피를 들고 수업이 있을 때마다 교수에게 건네면서 똑같은 말과 행동을 반복했다는 것이다. 그러다가 하루는 녀석이 올 시간이 지났는데 나타나지 않자 교수가 시계를 보며 "오늘은 왜 녀석이 안 오지? 무슨 일이 있나?"라고 고개를 갸우뚱했고 다른 여학생들도 궁금해했다.

그렇게 녀석이 나타나지 않은 채 수업이 시작된 지 20분쯤 지났을 때 누군가 강의실 문을 두드렸고, 교수와 학생들은 일제히 강의실 문 쪽을 바라보았다. 그때 녀석은 목발을 짚고 나타났는데 사연인즉, 녀석이 전날 교통사고를 당해 왼발이 부러져 병원에 입원했던 것이다. 녀석은 강의실에 오기 위해 병원에서 몰래 나왔고 그래서 늦게 나타났던 것이다.

모두 녀석의 미친 행동에 혀를 내둘렀는데 놀라운 것은 그 녀석과 여학생이 결국 결혼까지 했다는 사실이다. 여학생이 미팅을 하려고 하면 친구들은 "야, 너는 남친 있잖아"라며 껴주지 않았고 결국 녀석과 울며 겨자 먹기로 몇 번 만났다가 녀석에게 빠져 결혼을 했다는, 이런 미친… 사랑이 있나.

제대로 시작해야
끝도 보인다

C'est mal barré 쎄 말 바레

'시작이 잘못되었다'는 뜻.

I

어떤 일을 시작한 지 얼마 되지 않아 이건 뭔가 잘못되었다는 생각을 갖게 되었을 때 거기서 바로 멈추면 피해가 덜할 수 있다. 하지만 그동안 들인 시간과 노력이 아까워서 그만두지 못하고 조금만 더 해보자는 미련 때문에 일을 진행하다 보면 그 피해는 점점 커져 나중에는 걷잡을 수 없게 되는 경우가 왕왕 발생한다.

외국에서 공부하는 유학생은 최대한 단기간에 학위를 취득하고 한국으로 돌아가는 것이 가장 급선무다. 한국에서 학비와 생활비를 어렵게 지원해주시는 부모님에 대한 효도이자 대학에서 교수로 일할 수 있는 기회를 조금이라도 빨리 잡을 수 있기 때문이다.

유학의 경우 대부분 석사부터 시작하는데 여기서 가장 중요한 것은 지도 교수를 정하는 일이다. 석사 과정에서 전공한 주제로 박사 과정까지 지속되기 때문에 석사 지도 교수가 박사 지도 교수까지 이어진다. 석사 과정에 입학하기 전에 전공을 정해놓고 어느 대학에 어떤 교수가 있는지 확인한 뒤 메일을 보낸다. 학기가 9월에 시작하기 때문에 적어도 같은 해 여름 방학이 시작되기 전 5월에는 지도 교수를 정해야 한다.

학생과 교수 간에도 일종의 '궁합' 같은 것이 있다. 석사 과정에서부터 제대로 된 지도 교수를 만나지 못하면 박사 학위를 취득하기까지 정말 고난의 연속이므로 첫 단추에 해당하는 석사 지도 교수를 정말 잘 선택해야 한다.

내가 다닌 학교는 파리 8대학이었는데 박사 과정에 들어갔을 때 석사로 입학한 한국 유학생이 있었다. 우리가 학생 식당에서 점심을 먹고 있었는데 우리에게 다가와 반갑게 인사를 했고 같이 식사를 했다. 자연스럽에 전공이 무엇이고 지도 교수는 누구인지를 물어봤는데 하필 지도 교수가 학생들 사이에서 '최악'이라고 소문난 사람이 아닌가.

수업도 잘 하지 않고 논문 지도도 아주 불성실하게 해서 그 밑에서 석사 학위 이상을 한 사람이 거의 없을 정도로 악명이 높았다. 그렇다고 이제 막 석사를 시작하는 사람에게 실망감을 줄 수는 없었기 때문에 어떻게 하다가 그 교수를 지도 교수로 정하게 되었는지 물어봤다. 계기는 다름 아닌 한국에서 알게 된 사람이 이 교수를 적극적으로 추천해주었다는 것이다. 나는 속으로 '뭐 그런 놈이 다 있나? 엿 먹이려고 작정한 건가?'라고 생각했다.

그렇다고 내 일도 아닌데 적극적으로 나서기도 그렇고 해서 일단 강의를 한번 들어보고 아니다 싶으면 지도 교수를 다시 찾아보라고 했다. 물론 이 시기에 지도 교수를 바꾸면 이미 학기가 시작했기 때문에 천상 내년에 다시 시작을 해야 한다. 그러나 박사 학위까지 생각하면 차라리 처음 시작을 조금 늦게 하더라도 확실하게 하는 것이 좋다.

하지만 그 학생은 이제 막 시작했는데 지도 교수를 다시 찾아서 바꾸는 것은 불안하다며 그냥 그 교수로 공부를 하겠다고 했다. 평양 감사도 자기가 싫으면 안 한다는 말이 있듯이 본인이 그렇게 한다는데 내가 뭐라고 더 이상 간섭을 하겠는가.

그런데 아니다 다를까, 어느 날부터 학생을 그 학생이 보이지 않기 시작하더니 들리는 소문에 의하면 결국 지도 교수랑 맞지 않아서 버티다가 석사를 마치지 못한 채 그만두고 다시 한국으로 돌아갔다는 것이다.

그렇게 처음부터 내 말을 들었으면 맘고생도 안 하고 시간도 절약했을 텐데, 시작이 반이 아니라 제대로 시작해야 끝도 보인다.

우리가 돈이 없지
가오가 없나?

C'est le moment ou jamais 쎄 르 모멍 우 자메
'마지막 기회'라는 뜻.

I

사회 생활을 하다 보면 무언가를 결정해야 할 때가 있다. 소위 보따리 장수라고 불리는 대학 강사들의 이야기를 해볼까 한다. (아무래도 이쪽에서 20년 넘게 일하다 보니 내가 잘 아는 분야라서.)

전공 분야를 외국에서 또는 국내에서 10년 이상 공부를 하고 박사 학위를 따면 그 순간에는 좋다. 졸업식에서 가족, 친구들과 함께 활짝 웃으며 환하게 기념 사진을 찍는다. 그런데 행복 끝 불행 시작이 바로 강사 생활을 하면서 시작된다.

일반적으로 대학 강사는 강사법이 제정된 이후 한 학교에서 일주일에 6시간 정도 하면 꽤 많이 강의를 하는 편이다. 시간당 5~6만 원부터 좋은 대학은 10만 원까지 주니까 한 달이면 120만 원에서 240

만 원까지 강사료를 받을 수 있다. 강사법 이전에는 방학 동안에는 보릿고개라 땡전 한 푼 주지 않았고 강사법 이후라고 해봐야 한 달에 40만 원 정도 받기 때문에 생계를 위해서는 과외, 학원, 편의점, 주유소, 식당 등 알바를 해야 하는 사람들도 많다.

명색이 한 분야에서 박사 학위를 받았다면 웬만큼 투자를 하고 노력도 했다는 의미인데 이 돈으로 가족과 함께 생활을 해나가기란 정말 하늘에 별따기다. 다행히 부모님으로부터 재산을 넉넉하게 물려받은 사람들은 돈 걱정은 없다. 하지만 대부분은 그렇지 못한 실정이다 보니 그나마 대학 강사 자리도 학연, 지연 등 다양한 백이 있어야 가능하며 언제 짤릴지 모르는 불안한 생활을 영위해야 한다.

나름대로 노력을 했다면 어느 정도 노력의 대가를 받을 수 있을 때 보람도 느끼고 열심히 해보겠다는 의지도 생기기 마련이다. 결국 많은 강사가 5년 정도 이런 힘든 생활을 하다가 진로를 바꾸는 경우가 많다.

그러나 이것도 그나마 시기를 놓치면 나이만 먹고 다른 일을 하기도 어려워지기 때문에 정말 적당한 때를 잡는 것이 중요하다. 학교에서 학생들에게 '선생님', '교수님'이라 불리면서 학생들을 가르치는 것에 너무 빠져 있다 보면 이 시기를 놓치는 경우가 허다하다.

내가 아는 한 사람이 프랑스에서 박사 학위를 받고 대전에 있는 대학에서 강사 생활을 하고 있었다. 그러던 어느 날, 초등학교에 다니는 아들이 울면서 집에 들어오더란다. 놀라서 아이에게 이유를 물으니 아이가 울먹이며 이렇게 물었다고 한다.

"아빠, 아빠 교수 아니야?"

학교에서 친구들과 어쩌다가 아빠 자랑이 벌어졌는데 아들이 "우리 아빠는 대학 교수야"라고 말했더니 다른 친구 녀석이 "야, 우리 아빠가 교수인데 니네 아빠 교수 아니고 시간 강사래"라고 놀렸다는 것이다.

그 이야기를 들은 그는 우선 우는 아이를 달래주고 그날 밤 잠을 이루지 못했다고 한다. 그리고 다음 날 학교를 그만두고 다른 일자리를 찾았다. 가족이 무시를 당했다는 사실이 얼마나 큰 상처가 되었을까. 그는 강사 생활이 고단하고 어렵다는 사실을 느끼고 있었으면서도 그동안 그만두기를 차일피일 미루고 계속해왔는데 아들의 이야기가 정신이 번쩍 들게 했다고 한다. 학교를 그만두고 다행히 공무원이 되어 일하고 있다.

나는 20년 넘게 대학에서 보따리 장수 생활을 하면서 마지막이 언제일지 불안한 생각이 든 적이 없었다면 거짓말일 것이다. 그래도 프랑스 유학 경험으로 학생들에게 프랑스어를 가르쳤고, 고맙게도 '파리민수'라는 별명을 얻으며 늦깎이로 유튜브에 출연할 수 있었다. 평범하게 무탈하게 사는 삶도 어렵지만 누구든 나를 보며 위안을 삼고 희망을 잃지 않았으면 좋겠다.

오지 말랫잖아,
임마

Au secours! 오 쓰꾸흐

'살려주세요, 도와주세요'라는 뜻.

I

대학 산행에서 있었던 일이다. 그해에도 어김없이 10월 말 북한산 산행 일정이 잡혔다. 교수 외에 복학생을 중심으로 산행 인원이 정해졌다. 그런데 학회장이었던 녀석의 여친이 졸업하기 전 마지막 산행으로 추억을 쌓고 싶다며 오겠다고 우기는 것이다.

나는 학회장 녀석에게 절대 안 된다고 강력하게 말했다. 왜냐하면 그 여학생이 이전에 과 행사 공연 준비 중에 의식을 잃은 적이 있었기 때문이다. 알고 보니 스트레스를 너무 받거나 몸이 힘들면 이유 없이 기절을 한다는 것이다. 그때 식겁한 기억이 있던 나는 결사적으로 반대했지만 산행 당일 아니나 다를까 그 여학생이 학회장 녀석의 팔을 꼭 잡고 있었다.

나는 깊이 한숨을 쉬었고 녀석은 자기가 꼭 붙어

서 돌볼 테니까 같이 가게 해달라고 간청을 하였다.
그런데 하필 그날 날씨가 추운 편이어서 나는 더더
욱 걱정이 되었다. 하지만 여학생이 산행을 원한 데
다가 녀석이 밀착 방어를 하고, 내가 감시를 하면 되
지 않을까 하는 생각이 들었다. 죽은 사람 소원도 들
어준다는데 말이다.

이렇게 해서 복학생들을 여학생들의 앞, 중간, 뒤
에 배치하고, 특공대나 해병대처럼 군대 생활을 좀
빡 세게 한 녀석들은 여학생들의 짐을 들어주라고
해서 2시간쯤 산행을 하고 있을 때였다. 일행들과
약간 거리를 두고 뒤처져 가던 나는 한쪽에 웬 그림
자가 있는 것을 발견했다. 그것은 다름 아닌 학회장
녀석과 여친이었는데 녀석이 여친을 꼭 안고 있는
것이었다.

나는 둘이 오붓한 시간을 보내나 하고 가까이 갔
는데 학회장 녀석의 표정이 하얗게 질려 있었다. 아
니나 다를까 여친이 또 기절을 한 것이었다. 나는 휴
대폰으로 119에 도움을 청하려고 했지만 전화가 터

지지 않았고, 하는 수 없이 녀석에게 여친을 업으라고 하고 나는 뒤에서 여학생 등을 받치고 함께 산을 뛰어오르기 시작했다.

정상을 어떻게 넘었는지 기억도 나지 않은 채 정신을 차려보니 암자가 보였다. 나는 학회장 녀석과 그놈의 여친을 방으로 들어가게 해서 몸을 눕히게 하고 이불을 덮어 몸을 따뜻하게 해주었다. 그리고 암자에 있는 전화로 119에 구조 요청을 했고 30분 뒤 소방대원 4명이 온 몸에 구슬땀을 흘리며 도착했다.

사람이 죽을까봐 마음이 급했는데 구조 헬기가 착륙할 곳이 없어서 소방대원들이 직접 뛰어올라왔다는 것이다. 소방대원들은 기절한 여학생을 들것 같은 것에 고정시킨 뒤 다시 산을 뛰어내려갔다. 다행히 소방대원들의 땀나는 노력으로 병원에 도착한 여학생은 의식을 차릴 수 있었다.

내 인생에서 정말 다시는 떠올리고 싶지 않은 사건이 아닐 수 없었는데 소방대원들의 노고에 감사를 드릴 따름이었다.

결과가
장땡이라니까

Enchant(é) 엉셩떼

'만나서 반갑습니다'라는 아주 정중한 표현.

I

2024년 제33회 파리 올림픽 개회식에서 "엉셩떼(만나서 반갑습니다)"라는 단어가 등장했다. 프랑스인은 특히 제스처를 많이 쓰는데 남자들끼리는 악수를 하고 여성들끼리는 비즈를 하며, 남성과 여성의 경우는 여성이 하는 대로 악수 또는 비즈를 하게 된다. 지역과 친분에 따라 비즈를 하는 횟수도 다양하다. 잘 모르는 경우 양쪽 볼에 한 번씩, 친구는 두 번씩, 지역에 따라 세 번씩 하는 곳도 있다.

　참고로 '엉셩떼'라는 표현은 젊은이들끼리는 사용하지 않으며, 자신보다 나이가 많거나 사회적으로 지위가 높은 경우에 사용한다. 젊은 친구들 사이에서는 '쌀뤼salut'라는 표현을 쓰는데 친한 사이는 물론 처음 보는 사이에도 쓴다.

이번 파리 올림픽 개막식 공연 중에 오랜만에 반가운 인물을 볼 수 있어서 감동적인 순간이 있었다. 바로 '셀린 디온'이다.

그 이야기를 하기 전에 이번 개막식을 본 사람들의 반응은 크게 나뉘었다고 한다. 특히 개막식에 등장했던 동성애자의 모습이라든가, 최후의 만찬을 모독했다는 혹평을 받았던 신들의 향연 등 많은 비판이 있었다. 어떤 컨셉이건 간에 올림픽은 전 세계인이 보고 가족이 함께 본다는 점에서 부정적인 시각으로 보는 사람들도 있고, '표현의 자유'의 나라라고 불리는 프랑스답게 콘텐츠를 짰다고 좋게 보는 사람들도 있다.

어떤 생각이나 의견을 갖건 개인의 자유이며 차이가 있을 수 있지만, 개막식 마지막 장면에서 에디트 피아프의 〈사랑의 찬가〉라는 곡을 에펠탑 앞에서 부른 셀린 디온의 모습은 그 모든 비판을 잠재우는 감동의 순간이 아니었을까 한다.

온몸의 근육이 마비되어가는 희귀병을 앓고 있는 셀린 디온은 휘트니 휴스턴, 머리이어 캐리와 함께 세계 3대 디바로 손꼽히는 명가수다. 이런 그녀가 자신에게 닥친 이 잔인한 현실 속에서 얼마나 큰 고통과 좌절을 느꼈을지 감히 상상조차 가지 않는다.

한편으로는 이 개회식을 총감독한 인물이 앞에서 언급했던 문제들이 틀림없이 대두될 것이라는 것을 모르지는 않았을 것으로 생각된다. 하지만 마지막 셀린 디온의 이 노래로 모든 논란은 종식되고, 이 무대를 지켜본 사람들의 마음속에는 숙연함과 함께 무엇인지 모를 웅장함이 자리잡았으리라.

사람들은 인생에서 중요한 것은 결과가 아닌 '과정'이라고 말하지만, 나는 늘 '결과'가 가장 중요하다고 생각하고 있다. 파리 올림픽 개막식에서 모든 논란을 잠재워버린 영원한 디바 셀린 디온의 마지막 장면처럼 말이다.

극내성인

초판 1쇄 발행   2024년 10월 24일

지은이 정일영
펴낸곳 ㈜에스제이더블유인터내셔널
펴낸이 양홍걸 이시원

블로그 · 인스타 · 페이스북 siwonbooks
주소 서울시 영등포구 영신로 166 시원스쿨
구입 문의 02)2014-8151
고객센터 02)6409-0878

ISBN 979-11-6150-909-9 (03810)

시원북스는 ㈜에스제이더블유인터내셔널의 단행본 브랜드
입니다.

독자 여러분의 투고를 기다립니다.
책에 관한 아이디어나 투고를 보내주세요.
siwonbooks@siwonschool.com